KB105140

무명서생 장편 소설
FUSION FANTASTIC STORY

권왕강림 3

무명서생 장편 소설

초판 1쇄 찍은 날 § 2012년 12월 27일
초판 1쇄 펴낸 날 § 2013년 1월 2일

지은이 § 무명서생
펴낸이 § 서경석

편집부장 § 권태완
편집책임 § 어정원

펴낸곳 § 도서출판 청어람
등록번호 § 제1081-1-89호
등록일자 § 1999. 5. 31
어람번호 § 제1-1518호

주소 § 경기도 부천시 원미구 심곡2동 163-2 서경B/D 3F (우) 420-822
전화 § 032-656-4452 팩스 § 032-656-4453
http://www.chungeoram.com
E-mail § chungeorambook@daum.net

ⓒ 무명서생, 2012

ISBN 978-89-251-3127-6 04810
ISBN 978-89-251-3092-7 (세트)

CONTENTS

CHAPTER **01**
돈의 맛

상두는 무척이나 바빴다.

덕분에 매주 만나던 수민과의 데이트도 이제는 이 주에 한 번 정도로 만나게 되었다.

여자도 중요했지만 지금 상두에게는 일이 더 중요하다.

이제는 홈쇼핑에까지 점령하여 연일 판매를 기록하고 있었다.

어머니의 양념의 비율과 함께 떡갈비의 레시피는 이미 특허출원 중이었다.

게다가 선두라는 이름은 드래곤볼의 '선두'의 이미지와

돈의 맛 9

묘하게 겹쳐 8090세대의 향수를 자극한 것도 큰 성공 요인 중 하나였다.

오늘도 선두 떡갈비 본점은 발 디딜 틈도 없었다.

이미 식당은 더 확장해서 옮겼다.

엄청난 인기에 상두는 눈코 뜰 새 없었다.

오늘은 더욱더 그러했다.

방송 촬영이 있기 때문이었다.

어느 정도 수요는 있지만 대박 아이템이 아닌 떡갈비로 이 정도 수익을 이끈 것이 이슈였다.

하지만 명문대에 재학 중 집안을 위해 과감히 휴학을 하고 사업에 뛰어들었던 점이 제작진의 마음에 자리 잡아 결정된 방송이었다.

지금의 88만원 세대라고 하는 이십대들에게 큰 반향을 일으킬 것이 틀림없었다.

"떡갈비 하면 그렇게 대중적이지 않은 음식이잖아요? 어떻게 이 아이템을 시작하게 되셨나요?"

"저의 장점과 어머니의 장점을 버무려서 할 수 있는 것이 무엇일까 고민하다가 이 사업을 구상하게 되었습니다."

상두는 당당하게 방송에 임했고 촬영은 순조롭게 끝날 수 있었다.

피팅 모델의 경험이 도움이 되어 카메라에 대한 울렁증도 느낄 수가 없었고 자연스러운 포즈를 취할 수가 있었다.

이런 자연스러운 모습에 스태프 모두들 경탄을 했다.

처음 방송을 할 때에는 누구나 긴장하게 마련인데 전혀 그런 것이 없다고 다들 입을 모아 이야기했다.

방송을 탄 이후 가게의 매출은 껑충 뛰어올랐다.

가게의 매출과 프랜차이즈 수익까지 합치면 억 대에 가까운 월매출을 올리게 되었다.

덕분에 직원들을 더 둘 수밖에 없었다.

직원들이 많아지자 상두가 가게에서 할 일은 그날 분량만큼의 고기 손질밖에 없었다.

어머니 역시 이제 양념만 체크하고 가게를 보는 정도만 있을 뿐이었다.

결국 상두가 바라던 어머니가 고생 덜하게 되는 날이 비로소 찾아온 것이다.

방송이 방영된 이후 가끔 상두를 보기 위해 젊은 여성들이 찾아왔다가 그를 발견하지 못해 허탕만 치고 돌아가는 일까지 발생했다.

방송에서 비친 이미지가 젠틀하고 이지적이라 여성들에게 꽤나 좋은 어필을 한 것이다.

그로 인해 상두가 가게에 나오는 날이면 젊은 여성들로 문전성시를 이뤘다.

가게의 일이 한가해지긴 했지만 상두는 그래도 쉴 틈은 없었다.

일주일의 사나흘을 프랜차이즈 관련 일로 서울에 올라가야 했다.

덕분에 재료 구매를 위해 사용하던 중고 봉고차로는 무리가 있었다.

가게에서 사용도 해야 했고, 돈 잘 버는 사업가의 이미지에도 그리 좋지는 않았다.

그래서 자동차 매장으로 가는 중이었다.

주변 사람들은 입을 모아 국산차보다는 중고라도 외제차가 더 좋다고 말을 했다.

그만큼 벌기 때문에 그 정도는 타줘야 체면이 선다고 주변에서 부추긴 것이다.

상두는 그들의 부추김에 넘어갈 생각은 없었지만 곰곰이 생각해 보니 그에게 좋은 차는 필요할 것 같았다.

외국에서 개발된 것이 자동차이니 국산차보다는 서양의 차가 훨씬 더 안전할 것이라는 단순한 생각에서였다.

"도착이군."

그는 외제차 중고매장에 도착했다.

아무리 중고차 판매장이라고는 하지만 그가 봉고차에서

내려서 매장으로 들어가려니 매장 직원들의 눈초리가 그리 좋지가 않았다.

매장의 문 앞까지 직원이 나와서는 상두를 마크(?)했다.

"손님, 어떻게 오셨습니까?"

차가운 반응이다.

지금 상두의 옷차림도, 상두가 몰고 온 차도 그리 좋지 않다보니 무시하는 것이었다.

예상하지 못한 바는 아니었지만 상두는 약간 빈정이 상했다.

"차를 사려고 왔습니다. 뭐가 잘못 됐습니까?"

상두의 말에 직원은 비웃음을 보이며 대답했다.

"아무리 우리가 중고차를 판매하는 곳이라고 하지만, 고객님께서 찾으실 만한 물건은 이곳에 없을 것 같습니다. 근처의 국산차 전문 중고매장을 안내해 드릴까요?"

최대한 친절을 베푸는 것 같은 말투다.

하지만 그 이면에는 상두를 무시하는 생각이 깔려 있다는 것을 상두가 모를 리 없었다.

하지만 상두는 그들을 무시하고 자동차 매장을 이리저리 둘러보았다.

그가 있다는 것 자체가 그들에게는 기분이 나빴지만 그렇다고 쫓아낼 수는 없는 것이었다.

"흠……."

상두는 외제차의 디자인에 꽤나 마음이 가는 것 같았다.

외제차라서 그런지 우리나라 차량과는 디자인 면에서 많이 달랐다.

물론 한국의 자동차가 디자인이 나쁘지는 않지만, 뭔가 획일성이 있었지만 외제차는 그 차만의 독특함이 있었다.

그 영향인지 요즘 국산차들도 꽤나 좋은 디자인이 나오고는 있지만 아직 외제차에 비하면 멀었다는 생각이 들었다.

성능도 중요하지만 디자인도 구매 욕구에 미치는 영향이 더 크니 말이다.

상두는 아우디의 스포츠세단 앞에 섰다.

굉장히 고급스러우면서도 스피드가 있을 것 같은 디자인이었다.

이것이 가장 마음에 드는 차였다.

"여기요."

상두가 매장 직원을 불렀다. 하지만 아무도 상두에게 다가오지 않았다.

"여기 안 옵니까?"

상두가 재차 부르고 나서야 꾸역꾸역 다가왔다.

"이거 얼마입니까?"

"손님이 구매하시기에는 꽤나 가격이 나갈 텐데요? 아무리 중고차라고 해도 외제차니까요."

그는 비아냥거렸다. 상두는 고개를 절레절레 흔들었다.

"이걸로 결제해 주세요."

상두가 지갑에서 카드를 꺼냈다.

그것은 플래티늄 카드!

전문 직종인들에게나 발급되는 카드를 보여주니 매장 직원의 눈초리가 달라졌다.

그 정도라면 충분히 이곳의 차를 구매할 수 있는 능력이 있을 것이다.

"아, 역시 젊으신 분이 안목이 뛰어나시네요."

능력이 증명되자 그들의 태도가 180도 달라졌다.

상두는 그 모습에 씁쓸한 웃음을 보였다.

"가격은 3,500만 원입니다. 손님께 꽤나 어울리는 디자인이죠. 너무 과하지도 너무 소소하지도 않은 디자인이랄까요? 게다가 성능도 스포츠세단이다 보니 엄청나……."

"잔말 말고 계산해 줘요. 일.시.불.로."

상두의 말에 그의 눈에 빛이 번뜩였다. 할부가 아닌 일시불이라니……!

"잠깐만요."

누군가가 상두의 옆으로 찾아왔다.

"이 차 몇 년식이죠?"

안경을 쓴 양복 차림의 젊은 사람이었다.

그의 물음에 직원은 머뭇거리며 대답했다.

"2008년식입니다."

"2008년식이면 많게는 3,200만 원, 적게는 3,000만 원대 초반으로도 구매할 수 있습니다. 손님에게 바가지를 씌우려는 겁니까?"

상두는 의아했다.

하지만 그의 말이 틀리지 않았다. 최대한 싸게 사면 그만큼 좋은 것이었다.

"정말인가요?"

상두는 직원을 바라보며 물었다. 직원은 난감한 듯 대답했다.

"물론 그렇게 파는 매장도 있기는 합니다만… 같은 2008년식이라도 해도 주행거리나 여러 가지를 생각하면……."

"3,250만 원으로 하죠."

안경의 남자의 말에 직원은 굉장히 난감한 표정을 지었다.

"주행거리나 여러 가지를 따져봤을 때 그 정도가 적당한 것 같습니다. 제가 인터넷의 자료를 보여 드려야 수긍하시겠습니까?"

그의 말에 직원은 고개를 끄덕였다. 괜히 더 어거지를 썼다가 안 좋은 소문이라도 나면 큰일이 아닌가.

상두도 순식간에 벌어진 일에 어안이 벙벙했다.

사실 상두는 가격은 크게 알아보지 않고 찾아왔다.

하마터면 덤터기를 쓸 뻔했다. 덕분에 기백만 원을 아낄 수가 있었다.

"도움 주셔서 감사합니다."

상두의 인사에 남자는 목례로 답했다.

"저는 이런 사람입니다."

그가 명함을 내밀었다. 명함에는 재무 컨설턴트 김재원이라고 적혀 있었다.

"오늘부터 박상두 씨의 재무를 관리하게 될 사람입니다."

"네?"

상두는 의아했다. 그는 그런 사람을 고용한 적이 없었다.

"어머니께서 저를 고용하셨습니다. 굉장한 매출을 올리고 계시더군요."

"그래서요?"

"그래서 그 재화를 더 효율적인 방법으로 관리해 드리는 것이 저의 일입니다. 박상두 씨도 경영 관련 학부에 있었으니 아시겠죠."

"한 학기만 하고 휴학 중입니다."

상두는 귀찮은 듯 사인을 하고 차에 올랐다. 중고차의 묘미는 이렇게 당일 출고로 차를 구매할 수 있다는 점이었다. 신

차도 가능하긴 했지만 대부분 출고 기간을 기다려야 했다.

"이제 구미로 한번 돌아가 볼까."

그는 차의 시동을 걸었다. 시동 소리조차 아름다운 느낌이 들었따.

"저도 좀 태워 주시겠습니까?"

출발을 하려는데 김재원이 다가와 부탁했다.

"어디로 가시게요?"

"구미로 갑니다."

상두는 같은 방향이라면 굳이 마다할 필요가 없어서 옆자리에 태웠다. 가는 동안 말동무라도 된다면 상두에게도 유익했다.

"방송에서 봤습니다. 말씀을 참 잘하시더군요."

"감사합니다."

"지금보다 더 큰 돈을 만지고 싶지 않습니까?"

재원은 단도직입적으로 물었다.

상두는 당황스러웠지만 이내 고개를 끄덕였다.

돈을 마다할 사람은 없었다.

게다가 상두는 요즘 벌어들이는 만큼 또 돈을 쓰다 보니 씀씀이가 커지는 것도 사실이었다.

덕분에 효율적인 돈 관리가 필요했다.

"일단 저에게 믿고 맡겨 보십시오. 저도 이 분야에서는 꽤나 잘 알려져 있으니까요."

그는 그렇게 말하고 조수석에서 잠들었다.

"조수석에서 잠드는 사람이라……. 거 꽤 특이하군."

상두는 알 수 없다는 듯 고개를 갸웃거리며 차를 몰았다.

김재원 덕분에 상두의 돈이 더 효율적으로 돌아가기 시작
했다.

덕분에 여러 군데에 투자해서 더 많은 수익을 올리고 있었
다.

첫인상이 그리 좋지 않아 마음에 들지 않았지만 시간이 갈
수록 그의 실력에 놀라는 상두였다.

"이 상품에 투자하면 수익이 더 늘어나는데 어떠십니까?"

그는 상두에게 여러 가지 투자에 관해 알려주고 있었다.

"그렇게 하도록 하세요."

상두는 고개를 끄덕였다.

그가 훑어보아도 그 상품들의 수익성은 약간의 위험도는
있어도 괜찮았다.

이미 그는 눈에 보일 정도의 성과를 이루기도 했다.

이 정도라면 상두는 금방이라도 상위 10퍼센트에 등극할
수도 있을 것 같았다.

덕분에 사람들과의 만남이 잦아졌다.

사업 관계라고는 하지만 술자리가 많았다.

술을 즐기지 않는 그는 마시지는 않았다. 하지만 이 분위기를 즐겼다.

아니 돈으로 인해서 사람들이 그에게 간이라도 빼줄 듯한 것을 즐겼다.

대륙에서도 그는 피스트 마스터로서 이렇게 칭송을 받았다.

어쩌면 이것보다 더한 칭송을 받았다.

거의 신처럼 떠받드는 사람들도 있었다.

하지만 그것은 그의 힘에 대한 일종의 경외심이었다.

칭송은 했지만 그를 두려워하는 사람들이 대부분이었다.

그를 정적으로 여겨 죽이려는 경우들도 허다했다.

하지만 이 세계에서는 달랐다.

돈만 있다면 누구든 친구가 될 수 있었다.

그가 살던 세계는 돈이라는 개념 자체가 희박했다.

그렇다 보니 돈보다는 물리적인 힘이 먼저였다.

큰 군단을 가진 군장들이나 카논처럼 강대한 힘을 가진 자가 바로 힘이 있는 자였다.

물질은 부수적인 것일 뿐이었다.

'돈이 있으면 사람도 부리는구나…….'

덕분에 그는 이 세계의 돈이라는 것에 매력을 느낄 수밖에 없었다.

목숨을 걸지 않아도 주먹질을 하지 않아도 돈만 있으면 모든 것을 얻을 수 있던 것이다.

무엇보다 돈이 있으면 예전처럼 비참한 삶을 살지 않아도 된다.

어머니가 다시 고생하지 않아도 되고 가난 때문에 가족이 해체되는 일도 없을 것이다.

그래서 그는 김재원과 함께 여러 가지 수익을 내기 위해 더욱더 연구하고 투자를 했다.

그럴수록 재무에 관한 일의 대부분을 김재원에게 맡기게 되었다.

그러는 편이 더욱더 수익을 올릴 수 있어 상두에게 이로웠다.

*   *   *

수민과의 데이트.

실로 오랜만이었다. 일이 너무도 바쁘게 몰아쳐 거의 두 달 만에 만나는 수민이었다.

그간 구미에 내려와서 상두를 만났지만 그때마다 못 만난 적도 허다했다.

그래서 미안한 상두는 이렇게 시간을 마련한 것이다.

오랜만에 수민의 웃는 얼굴을 볼 수가 있어서 상두는 기분이 상쾌한 것을 느꼈다.

일도 좋지만 일상에 이렇게 쉼표를 주는 것도 나쁘지 않았다.

그들은 홍대 근처에서 데이트를 즐겼다.

서울에 자주 올라오는 상두였지만 이렇게 즐기기 위해 온 것은 오랜만이라 조금은 어색했다.

그렇게 돌아다니는 중 사람들이 그를 바라보는 눈초리가 이상했다.

아무래도 한껏 꾸미고 다니는 사람들 사이에서 허름한 남방이나 걸치고 있는 상두가 튀어 보이는 것은 사실이었다.

"나 이상해?"

사람들의 눈초리가 신경 쓰이는지 상두는 수민에게 물었다. 수민은 고개를 절레절레 흔들었다.

"신경 쓰지 마."

그녀는 말 그대로 신경 쓰지 않았다.

상두라는 사람 자체가 좋아서 만나는 것이지 겉모습은 상관이 없었다.

그들의 사랑에 남의 시선 따위는 중요하지 않았다.

하지만 상두는 신경이 쓰일 수밖에 없었다.

쇼윈도에 비친 그의 모습은 아름답게 꾸민 수민과는 너무도 대조가 되었던 것이다.

"잠깐만 옷 좀 사자."

그녀를 이끌고 홍대의 명품 매장으로 향했다.

상두는 옷을 고르고 또 골랐다.

최대한 멋지고 비싼 옷을 고르고 있었다. 남들이 자신을 무시 못하게 하기 위해서였다.

대륙에서 자신을 지키는 것이 갑옷이었다면, 이 세상에서는 비싸고 좋은 옷이다.

그렇게 옷을 한껏 꾸미는 상두의 모습을 수민이 바라보면서 인상을 찌푸렸다.

"그건 아닌 거 같은데?"

그녀가 상두에게 말했다.

그가 입은 옷은 무척이나 특이했다.

현재 유행하는 취향과는 거리가 좀 있는 옷들이었다.

유행이 아니더라도 꽤나 레어한 옷차림이었다.

물론 각각 따로 떨어뜨려 놓으면 좋은 옷이지만 합쳐 놓으니 마치 중세시대 유럽 남자 같은 인상이었다.

상두는 뜨끔했다.

자기도 모르게 카논일 때의 취향이 그대로 드러난 것이다.

결국 수민이 골라주는 대로 옷을 맞춰 입었다.

역시나 그녀의 취향은 남달랐다.

상두의 체형이나 얼굴색에 맞춰 최대한 어울리게 피팅이 되었다.

그는 옷을 한껏 꾸미고 나와 당당하게 거리를 걸었다.

지금 그는 무엇보다 좋은 방어구를 걸치고 있었다.

강하게 내리꽂히던 사람들의 날카로운 시선은 방어구 덕분에 부드럽게 와닿기 시작했다.

역시나 돈이라는 것은 사람의 시선까지 바꿀 수 있는 마력이 있는 것 같았다.

그렇게 상두는 점점 돈이라는 녀석의 맛에 빠져들고 있었다.

"응?"

상두는 잠시간 누군가가 자신을 바라보는 것 같은 느낌이 들었다.

그를 호감을 가지고 바라보는 그런 눈빛이 아니었다.

앞선 사람들처럼 옷차림에 대한 의아함으로 쳐다보는 시선도 아니었다.

이것은 분명히 감시를 하는 주시자의 눈빛이었다.

상두는 그 기분 나쁜 눈빛을 찾아내기 위해 주변을 두리번거렸다.

이 정도 감시라면 분명히 찾을 수 있을 것이라고 생각했지만 워낙에 사람이 많아서 찾아낼 수가 없었다.

'누가 나에게 감시를 붙이는 건가? 아니, 그럴 리가…….
이 세상에서는 나와 적이 될 사람은 없다. 평화로운 세계가
아닌가…….'

상두는 찝찝한 마음을 애써 달래며 수민과의 데이트를 즐
겼다.

오랜만의 데이트였다.

그 기분을 만끽하지 않으면 또 언제 이런 기분을 느낄 수
있을지 몰랐다.

쓸데없는 의심으로 이 기분을 망치고 싶지 않았다.

상두는 즐겁게 데이트를 마치고 구미로 돌아왔다.

오전부터 대략 여덟 시간 정도가 흘렀는데 며칠을 집 밖으
로 나가 있었던 것 같은 느낌이 들었다.

"아… 피곤해……."

그의 육체는 사실 피곤함을 느낄 수가 없었다.

그렇게 단련된 것이다.

지금의 피곤함은 정신의 피곤함이었다.

이럴 줄 알고 그는 자가용을 몰고 오지 않았다.

멀리 가는 길은 역시 자가용보다는 대중교통 수단이 더 유
용했다.

일단 그는 집으로 바로 가지 않고 가게에 들렀다.

이미 셔터를 내릴 시간이지만 그래도 그의 일터를 보고 돌아가야 마음이 놓을 것만 같았다.

"어라?"

가게에는 불이 아직도 커져 있었다.

지금은 분명히 가게의 모든 영업을 마칠 시간이었다.

상두는 의아해하며 안으로 들어섰다.

"어머니……."

"아… 다녀왔니, 상두야?"

안에는 그의 어머니가 있었다.

가게의 이곳저곳을 걸레를 들어 삭삭 닦고 있었다. 그 모습이 무척이나 즐거워 보였다.

"에이, 어머니는……. 이런 일들은 종업원을 시키면 되잖아요."

상두가 걸레를 치우려고 하자 그녀가 만류했다.

"종업원들에게 너무 많은 일들을 시키면 곤란해요. 그리고 이런 일은 주인이 하는 편이 더 나아. 훨씬 더 꼼꼼하게 되거든."

"그럼 제가 할게요, 어머니."

"아니다. 서울 다녀왔으니 피곤할거 아니니."

그녀는 웃는 얼굴로 열심히 가게를 닦아냈다.

누구에게도 빼앗길 수 없는 그녀의 즐거움인 것 같았다.

이 가게의 명의는 일부로 상두가 아닌 어머니로 돌려놨기 때문이었다.

자신의 명의의 가게를 쓸고 닦는 것에 그녀는 자부심을 가지게 된 것이다.

"이곳이 우리 가게로구나……. 그렇게 바쁘게 일하는데도 아직 믿기지가 않는구나."

그녀의 말에 상두는 그녀에게로 다가갔다. 그리고 손을 꼭 잡고 대답했다.

"우리 가게예요……."

"그렇지, 우리 가게지."

어머니는 감회가 새로운 것 같았다.

노점을 하던 그녀가 이렇게 큰 가게를 가지게 되었다는 것이 사실 꿈만 같은 것이었다.

"어머니 저 프랜차이즈 사업을 더욱더 크게 만들고 싶어요. 커미션만 받는 게 아니라 직접적으로 주식도 매입해서 완전한 사업으로 키울 겁니다. 어머니가 더 이상 고생하지 않으셔도 되요."

상두의 눈에는 굳은 의지가 담겨져 있었다. 어머니는 그런 아들의 대견했다.

"우리 아들 맞구나. 우리 상두가 맞구나……."

그녀의 말에 상두의 눈시울이 붉어졌다.

"그동안 죄송했어요. 어머니께 걱정만 끼쳤습니다."

"아니야… 아니야……. 그게 고생이라니. 어미는 아들을 키우는 데 있어 고생이라고 생각하지 않는단다. 물론 네가 고등학교 시절 실종되었다 돌아왔을 때 많이 달라진 것 같아 의아한 적은 있었다. 하지만 요즘 주먹질도 하지 않고 일에 몰두하는 모습을 보니 엄마로서 보기가 좋구나……."

그녀는 상두를 안아주었다.

"우리 아들… 우리 아들 자랑스럽구나……."

기어코 상두는 눈물을 쏟아낼 것만 같았다.

그는 하늘을 올려다보았다.

하지만 참으려 해도 눈물이 멈추지 않았다.

어머니의 따스한 체온이 전해진 것이다.

그 체온은 카논이었던 시절 그에게 결핍되었던 무언가를 채워주는 느낌이었다.

이런 결핍을 채워준 어머니를 위해 그는 더욱더 상두로서 열심히 살아갈 것이라는 것을 다짐했다.

상두는 김재원과 함께 건물 위층을 둘러보고 있는 중이었다.

김재원을 위한 사무실을 마련하기 위한 것이었다.

사실 그는 사무실이 없이 집에서 상두의 재무를 관리했던 것이다.

덕분에 상두가 그와 미팅을 하려면 여러모로 불편한 것이 사실이었다.

"사무실은 필요없습니다. 쓸데없는 지출입니다."

김재원은 그렇게 말은 했지만 내심 사무실이 생기는 것이 기대감을 가지는 것 같았다.

부동산 업자가 사무실을 이리저리 둘러 보여주고는 좋은 가격을 제시했다.

상두도 납득할 만한 조건이었다.

하지만 김재원은 여러 가지 트집과 이유를 대서 조금 더 좋은 가격으로 사무실을 마련할 수가 있었다.

짐을 들이는 것은 그리 어렵지 않았다.

테이블 몇 개와 재원의 PC가 들어가는 것으로 모든 것이 끝이 났다.

상두와 재원은 제대로 된 사업을 꾸릴 수 있을 것 같았다.

"혼자서 가능하겠어요?"

상두의 물음에 재원은 잠시 숨을 내쉬더니…….

"사실 혼자서는 힘에 부치는 것은 사실입니다. 사원이 한 명 더 필요한데 제가 데리고 와도 되겠습니까?"

그의 물음에 상두는 고개를 끄덕였다.

"그런 것은 재원 씨가 알아서 해주시면 되죠."

재원은 고개를 절레절레 흔들었다.

"아직도 자각을 못하고 계십니까?"

그의 말에 상두는 의아했다. 무엇을 자각해야 한다는 말인가.

"상두 씨가 사장입니다. 저는 피고용인일 뿐이죠. 당연히 제가 의견을 내면 결정은 사장님이 하시는 거죠."

그의 말에 상두는 잠시 가슴이 찌릿한 것을 느꼈다.

'내가 사장?'

당연히 그의 돈을 관리하는 곳이니 상두가 사장일 것이다.

그 말이 오늘따라 이상하게 상두의 마음을 파고 들어왔다.

"알았습니다. 사원을 하나 두는 편이 좋을 것 같습니다. 허가합니다. 사람은 재원 씨가 원하는 사람으로 하시는 편이 좋겠죠."

재원이 한 말이지만 다시금 상두가 되풀이했다.

사장의 위엄을 갖추고 상두는 낯간지러운 느낌이었지만 그래도 나쁜 기분은 아니었다.

짐을 모두 들이고 두 사람은 짜장면을 시켜 먹었다. 가게에 내려가 먹자는 김재원의 말에 상두가 핀잔을 주었다.

"이봐요, 사장이 주는 건 맛나게 먹는 겁니다."

"알겠습니다, 사장님."

두 사람은 맛있게 짜장면을 먹었다.

"사장님 가게를 좀 더 확장하는 편이 어떻겠습니까? 아니면 지역 분점을 내시든지……."

김재원의 말에 상두는 고개를 끄덕였다.

밀려드는 손님을 모두 감당하기 좀 힘든 것도 사실이었다.

"프랜차이즈에서도 지역에 가게를 하나 더 내자는 의견이 있었습니다. 다른 프랜차이즈의 가게를 하나 늘리는 것보다는 아무래도 본점의 분점을 내는 편이 더 낫지 않을까 싶습니다."

그의 말은 맞았다. 커미션을 좀 더 받는 것보다는 분점을 내서 그 수익을 모두 가지는 편이 낫지 않을까 싶었다.

"그렇게 하도록 하죠."

"네, 알겠습니다. 그리고 프랜차이즈 회사의 주식도 매입하고 있는 중입니다. 조금씩 늘려나가 프랜차이즈의 대주주가 되시면 얻어지는 수익이 훨씬 더 증가할 테죠."

김재원은 정말로 유능한 것 같았다. 이런 모든 일들을 척척 진행해 나가니 말이다.

사람 하나는 잘 선택한 것 같았다.

"그럼 저는 밑에 내려가 있죠. 잘 부탁드립니다, 김재원 씨."

상두의 말에 그는 고개를 끄덕였다.

냉철해 보이는 그의 눈빛이 오늘따라 더욱더 빛나 보이는 상두였다.

*   *   *

상두의 식구는 구미의 최고급 아파트로 집을 옮겼다.

꽤나 정든 집이었지만 언제까지 그곳에 있을 수는 없었다. 그래도 잘나가는 가게의 주인이다. 그런 허름한 건물에 언제까지 머물러 있을 수는 없었다.

그들이 정착한 아파트는 옥계에 위치해 있었다.

인동의 가게와도 그리 멀지 않아 좋았다. 상두는 출근을 위해 준비를 했다.

어머니도 준비를 모두 마친 상태였다.

오늘은 가게에 어머니를 데려다 주고 이 층의 사무실에서 김재원과 회의를 해야만 했다.

5층에서 엘리베이터가 열리고 누군가가 들어왔다.

"어? 박상두! 박상두 맞지?"

엘리베이터에 탄 남자는 잠시 상두를 바라보다가 상두를 알아보곤 이렇게 말하며 호들갑스럽게 반가워했다.

상두는 그가 누군지 의아했다.

"나야, 나. 기상원."

자세히 바라보니 그는 고등학교 동창이었다.

"여기로 이사 온 거야?"

상원의 말에 상두는 고개를 끄덕였다.

"이야, 너 많이 출세했다는 소리는 들었는데 이곳에 자리 잡은 거야?"

아무런 말이 없었지만 그의 어깨는 이미 치켜 올라갔다.

지금의 상황이 너무도 기분이 좋은 모양이었다.

"가게가 대박 났다며? 방송도 봤어. 이제 사장님이라고 불러야 되나?"

"에이~ 그 정도까지는."

상두가 머리를 긁적였다.

하지만 누군가가 이렇게 치켜세우는 것이 그리 기분 나쁜 일은 아닌 것 같았다.

상두는 그만큼 성공해 있었다.

이제 누구도 그를 무시하지는 못할 것이다. 그렇게 되기 위해 무던히도 노력해 왔고 그 결실이 맺어지고 있었다.

더욱더 열심히 해나간다면 충분히 더한 것도 얻어낼 수가 있을 것이다.

상두는 부모님을 가게에 내려주고 바로 사무실로 올라갔다.

이미 김재원은 출근해 있었다.

직원이 타준 커피를 마시며 컴퓨터 모니터를 계속해서 뚫어져라 쳐다보고 있었다.

너무도 심각하게 바라보고 있어서 상두는 감히 도착했다는 말을 할 수 없었다.

한참을 상두는 소파에 앉았다.

한 십여 분이 지나서였을까?

"아, 사장님 오셨습니까?"

김재원이 상두가 도착한 것을 알아차렸다.

"많이 바쁜 모양이군요."

"그렇게 바쁠 것도 없습니다. 언제나 하는 일이니까요."

"그래, 어느 정도 성과는 있습니까?"

김재원은 고개를 끄덕이며 여러 가지 이야기를 풀어놓았다.

조금씩 매입한 주식의 양이 이제 꽤 되어서 대주주까지는 아니더라도 어느 정도 실력을 행사할 정도의 주식을 보유하게 되었다고 한다.

게다가 여러 가지 펀드나 선물거래를 통해 수익을 올리고 있음을 보고해 왔다.

회의라고 해도 별것은 없었다.

지금까지 김재원이 하는 일의 경과를 듣는 정도였다.

"일하는 모습을 좀 보고 싶은데……."

"곤란합니다."

김재원은 사양했다.

"흠……."

상두는 조금 못마땅했다. 사장인 그에게 보이지 못할 것은 무엇인가.

"정 결과가 궁금하시다면 지금 바로 프린트해서 보여 드리겠습니다."

상두는 고개를 끄덕였다.

그가 컴퓨터에 앉아서 여러 가지 버튼을 누르니 프린터에서 문서가 출력되었다.

문서의 양은 꽤나 많았다.

상두는 그것을 받아 쥐고 살펴보았다.

뭐 문제될 것은 없었다.

사실 그에게 문제 제기를 하기 위해서가 아니었다.

이미 일전에 수익금으로 꽤나 큰돈이 통장에 입금이 되었기 때문에 그를 의심할 수가 없었다.

그저 하는 일이 궁금했을 뿐이었다.

"아, 점심시간이군요. 오늘은 가게에서 같이 식사하죠?"

상두의 말에 김재원은 고개를 끄덕이며 대답했다.

"아, 사장님 알겠습니다. 일단 이 일을 조금 마무리하고 뒤따라가겠습니다."

상두는 고개를 끄덕이고 아래 가게로 내려갔다.

그가 내려가자 김재원의 손놀림이 바빠졌다. 그러고는 직원에게 물었다.

"일전에 이야기했던 대포통장은 마련되지 않았나?"

"오늘 가져올 겁니다. 그런데 갑자기 대포통장은 왜 필요하신 거죠?"

"자네는 알 것 없어."

김재원은 그렇게 말하고 미친 듯이 컴퓨터 모니터를 확인하고 또 확인했다.

CHAPTER **02**
마약 (1)

상두의 아버지는 열심히 일했다.

사장의 아버지라는 것도 잊은 채 열심히 일하고 있었다.

어차피 상두는 그를 아버지로 인정하고 있지 않기에 그런 생각을 할 수도 없었다.

그렇기에 더욱 힘을 낼 수밖에 없었다.

그는 상두가 마련한 고급 아파트에도 살고 있지 않았다.

상두가 조금씩 마련해준 월급을 모아 조그마한 원룸에서 살아가고 있었다.

상두는 그런 아버지가 마음에 들지 않았다.

마치 상두 보란 듯 연극을 하는 것처럼 보였다.

그렇게 매몰차게 가족들을 버렸으면서 다시 가족의 눈에 들고자 하는 연극을 말이다.

이곳에서 일도 못하게 만들고 싶었다.

하지만 어머니의 부탁에 어쩔 수 없이 이곳에 일을 하게 해주었지만 상두는 계속해서 탐탁지 않았다.

'빌어먹을…….'

상두는 테이블을 닦는 아버지를 노려보았다.

아버지는 그를 보더니 멋쩍게 웃었다.

그와 함께 도망친 여자는 몇 달 있다 아버지가 긁을 대로 긁어간 집안 재산 이억여 원을 그대로 들고 날랐다고 한다.

'그 돈만 안 날렸으면 어머니 고생도 안하잖아.'

상두의 눈에는 살기가 흐를 정도로 그를 노려보고 있었다.

어쨌든 그 후 여러 가지 일을 하다가 노숙자로 전락, 고생만 지지리 하다가 이곳에 왔다고 어머니에게 눈물로서 호소를 했다.

상두는 받아주지 말자고 그렇게 소리쳤지만 어머니는 인륜을 거스를 수 없다며 받아주었다.

'정말 바보라니까…….'

상두는 주방에 있는 어머니를 바라보며 고개를 흔들었다.

아무리 어머니지만 바보도 저런 바보가 있나 싶을 정도로 착한 사람이었다.

그런 사람을 버리고 갔으니 아버지라는 존재에 대해서 탐탁지 않은 것은 어쩔 수 없었다.

그렇기에 원룸에서 따로 나가 산다는 것에도 그녀는 반대하지 않았다.

게다가 같이 있어도 말은 하지 않았다.

아무래도 그녀도 그를 아직 완전히 용서할 수가 없었던 것이다.

제대로 된 용서는 평생을 가도 할 수 없을지도 모른다.

테이블을 닦던 상두의 아버지는 주변을 두리번거렸다.

그러더니 밖으로 나갔다. 아무래도 그는 담배를 피우려는 것 같았다.

점포 안에서 담배를 피우지 못하게 상두가 한마디 했더니 이제는 밖에서 피우는 것이었다.

"못 말리는 사람이야."

상두는 그의 일거수일투족이 마음에 들지 않았다.

밖으로 나온 상두의 아버지는 다시 주위를 살폈다.

담배를 피우는 듯한 시늉을 하더니 골목으로 들어갔다.

"이곳까지는 오지 말라고 했잖아……!"

골목에는 검은 트레이닝복을 입은 눈초리는 사납고 얼굴은 길쭉한 굉장히 야비한 사람이 서 있었다.

그는 상두 아버지를 노려보고 있었지만, 입술은 웃고 있었다.

"돈 받으러 왔잖아, 아저씨."

그는 삼촌뻘은 됨직한 상두 아버지의 머리를 툭툭 친다.

"내일 돈 나온다고 했잖아. 왜 이렇게 빡빡하게 굴어……!"

"지난번에도 그렇게 해서 공짜로 가져갔잖아. 아저씨가 받는 돈으로 모자랄 텐데, 어쩌시려고?"

"이번에는 돈이 될 거야."

"이백이나 되는 돈을 이번 달에는 어떻게 마련하시려고."

그는 상두 아버지의 뺨을 툭툭 쳤다.

"이번 달에는 준다고 했잖아!"

상두 아버지도 더 이상은 못 참겠다는 듯 그를 밀쳤다.

그러자 트레이닝복의 남자의 입술에서 웃음기가 사라지고 눈에 독기가 가득 찼다.

"이 아저씨가!"

상두 아버지의 멱살을 거머쥐는 트레이닝복의 청년!

"야, 너 뭐야?"

골목 뒤쪽에서 누군가의 목소리가 들렸다. 청년은 상두 아버지의 어깨 너머로 목소리의 주인공을 바라보았다.

"넌 뭐냐? 앞치마를 한 놈."

선두식당이라는 글자가 깊게 박힌 앞치마를 두른 그는 상두였다.

아무래도 낌새가 이상해서 아버지의 뒤를 따라온 것이었다.

"너 누구길래 그 사람 멱살을 거머쥐는 거냐? 네놈은 위아래도 없냐?"

상두는 천천히 청년에게 다가갔다.

그가 살기 어린 눈으로 청년을 바라보자 청년은 잠시 움찔했다.

상두는 지금 화가 몹시 나 있었다.

아버지를 막 대할 수 있는 자신뿐이다.

자신은 막 대한다고 해도 다른 사람까지 막 대한다면 화가 난다. 그래도 아버지니까.

"상두야, 네가 신경 쓸 것이 아니다! 이놈은 그냥 사채꾼이야!"

사채꾼이라는 말에 상두와 트레이닝복의 청년 둘 다 눈살을 찌푸렸다.

"사채? 월급 주잖아요. 사채는 왜 끌어다 쓰고 난리예요!"

상두의 물음에 아버지는 고개를 숙였다. 트레이닝복의 남자는 피식 웃어댔다.

"눈물 겨운 부정이군."

청년은 상두 아버지의 멱살을 놓았다.

"오늘은 그냥 갈 텐데, 아저씨. 내일은 꼭 돈 준비해놔. 안 그럼 아들내미가 준비하든지."

그는 상두를 재미있다는 듯 노려보더니 골목 어귀로 사라졌다.

상두는 그를 쫓으려 했지만 아버지가 말려 가지는 않았다.

"그러니……! 젠장!"

상두는 더 이상 말하지 않고 그냥 식당으로 휙 하고 들어갔다.

아버지는 잔뜩 눈치를 보며 그를 따라갔다.

역시나 상두는 일하는 내내 저기압이었다.

아버지가 사채를 썼다.

어머니도 사채 관련해서 여러 가지 일을 겪었다.

상두는 사채라면 이가 갈리는 사람이다.

그런데 그가 사채를 썼다. 화가 날 만도 한 상황이다.

어떻게 하루가 지나갔는지 모를 정도로 빠르게 지나갔다.

모두 퇴근했지만 상두 식구들은 퇴근하지 않았다.

일종의 가족회의가 열린 것이다.

테이블에 상두와 그의 부모님들이 앉아 있었다.

한참을 말없이 한숨만 내쉬는 자리였다.

언제까지 한숨만 내쉴 수 없어 상두가 운을 뗐다.

"얼마나 썼어요?"

상두의 물음에 아버지는 그를 쭈뼛거리며 바라본다. 아무리 아버지지만 지은 죄가 있으니 그에게 제대로 고개를 들지 못하는 것이다.

"말해요, 빨리."

그의 다그침에 아버지는 쭈뼛거리며 대답했다.

"한 삼백……."

삼백이라는 말에 상두는 한숨을 내쉬었다.

아무리 지금 장사가 잘된다고 해도 삼백은 꽤나 큰돈이었다.

"원금까지예요?"

아버지는 고개를 끄덕인다.

"내일 돈 드릴게요. 대신 세 달치 월급 못 받을 줄 아세요."

상두의 말에 아버지는 고개를 끄덕였다. 그것만으로도 그의 입장에서는 감지덕지다.

상두는 그렇게 일어나서 밖으로 나갔다.

어차피 아버지가 집에 살다보니 방이 없어 상두는 원룸에 따로 나와서 살았다.

때문에 두 사람과 함께 갈 이유는 없었다.

"제기랄……."

밖으로 나온 상두는 인상을 찌푸렸다.

속상했다.

속상하지 않을 일이라고 생각했다.

그런 아버지 따위가 어떻게 되든 상관없다고 생각했다.

하지만 그가 당하고 있는 모습을 보니 속에서 분노가 치밀어 올랐다.

아무리 싫어도 아버지는 아버지였다.

"상두야……."

누군가가 부른다. 듣기 싫은 목소리, 아버지였다.

"왜요?"

상두는 돌아보지도 않고 대답한다.

지금은 아버지의 얼굴을 꼴도 보기 싫었다.

그런 그의 손에 무언가 꼭 쥐어진다.

"오늘 내내 입맛이 없는 것 같더구나. 혹시 체하기라도 했나 싶어서……."

그의 손에 쥐어진 것은 가스활명수.

"누가 이런 거 달래요?"

상두의 말에 아버지는 고개를 숙이고 그와 반대되는 방향으로 향했다.

상두는 돌아서는 그의 모습을 쳐다보지도 않은 채 가스활명수를 바라보았다.

"누가 이런 거 달래? 사고나 치지 말지……."

상두는 뒤를 돌아보았다.

무기력한 어깨가 보였다.

싫은 사람인데…….

너무도 싫은 사람인데 가슴 한 켠이 아렸다.

아버지의 작아진 어깨는 상두의 가슴이 아릴 정도로 무기력하고 쳐져 있었다.

"이건 상두의 남은 감정일 뿐이야……."

상두 안의 카논은 한 번도 아버지를 본 적이 없었다.

어릴 때 돌아가셨기 때문에 봤다고 해도 기억이 날 리가 없었다.

아버지에 대한 추억도, 느낌도 없었다.

그래서 아버지라는 존재가 그립고 또 있었으면 좋겠다고 생각했었다.

"하지만 저런 아버지는 싫어."

그러나 지금 상두의 아버지는 그가 그리던 그런 아버지가 아니었다.

짐스러운, 그저 짐스러운 그런 존재일 뿐이었다.

그는 '까스활명수'를 들었다.

그리고 화단에 던지려 조준했다.

하지만…….

"이것도 돈이야."

그는 그렇게 읊조리고는 병뚜껑을 따고 활명수를 마셨다.

영업도 끝났다.

상두는 지쳤는지 넥타이를 풀어헤치고 의자에 주저앉았다.

정신적으로 많이 힘든 하루였다.

지난번 이 가게를 취재해 간 이후에 눈코 뜰 새 없이 바빴다.

그런 와중에 또다시 방송 제의가 들어왔다.

지난 취재 이후에 이슈가 되었는지 공중파의 아침 방송에 출연을 하는 계기가 마련된 것이다.

지난번 방송으로 불특정 다수를 공략했다면 이번에는 주부들을 공략하는 것이었다.

이런 외식 산업에서 칼자루를 쥐고 있는 것은 주부들이니 방송에 나가는 것도 그리 나쁜 선택은 아니었다.

분명히 이번 방송을 타면 더욱더 매출이 신장될 것을 기대할 수가 있었다.

"아주 쉴 틈이 없구만……."

마치 그가 대륙에 있을 무렵 마족을 토벌한 이후 금의환향할 때가 생각났다.

그때도 눈코 뜰 새 없이 바빴다.

"오늘은 일찍 자야 되겠구나."

상두는 대충 식당을 정리하였다.

어머니는 이미 퇴근을 했다. 직원들도 다 퇴근했다.

항상 상두는 모두가 퇴근해도 식당에 남아 있었다.

이곳은 그의 일터이다.

그가 자신의 손으로 세운 곳이다.

애착이 가는 이곳을 그는 늘 마지막까지 지켰다.

그가 앉은 테이블로 피로 회복제가 놓여졌다. 그것을 놓아
놓은 사람은 그의 아버지였다.

"이거 뭐예요?"

"오늘 피곤한 것 같아서. 내일 서울 올라가려면 피곤하잖
아."

그렇게 말하고 자리를 뜨려 하는 아버지.

어차피 상두에게 좋은 소리를 못 들을 게 뻔하기에 자리를
옮기려고 했다.

"아버지, 오늘 저녁 식사도 할 시간 없었죠?"

상두는 문득 그에게 물었다. 아버지는 고개를 끄덕였다.

"따라오세요."

상두가 앞장섰다.

셔텨 문을 내리고 그는 식당 배달용 작은 봉고차에 아버지

를 태우고 어디론가 향했다.

그들이 도착한 곳은 간장게장 집이었다.

구미는 이교대, 삼교대 작업장이 많아서 밤늦게까지 영업을 하는 음식점도 많았다.

덕분에 밤 열 시가 넘은 지금도 꽤나 손님들이 있었다.

이 집은 맛있다고 소문이 난 곳이었다.

"들어오세요."

아버지는 쭈뼛거렸다.

"아니, 저……."

아무래도 구미로 돌아온 이후 상두에게 이런 대우를 받은 적이 없었다.

항상 탐탁지 않은 눈초리를 받은 그였다.

"아버지 옛날부터 좋아했잖아요."

"그랬나?"

"어릴 때 외식 가면 꼭 간장게장 잘하는 집으로 갔었죠. 언젠가는 전라도까지도 갔었잖아요."

상두의 말에 아버지는 씁쓸하게 웃었다.

착석한 두 남자는 아무런 말이 없었다.

그저 묵묵히 음식만 기다리고 있었다. 반찬이 나오고 간장게장노 나왔다.

상두는 문득 물었다.

"돈은 다 갚으셨죠? 이자는 뭐라고 하던가요?"

"천천히 갚으라는군. 빌린 지 얼마 안 되서 이자가 그리 많지는 않아."

"거짓말하지 마세요. 조금만 더 알아보면 다 알게 될 일이에요. 정확하게 말씀하세요."

"아… 그냥… 조금 뭐랄까……."

그는 말을 제대로 하지 못하고 있었다.

"이자가 모자라면 말씀하세요. 어느 정도는 해줄 수 있으니까요. 그런 놈들이 쉽게 놔주지 않는다는 것쯤은 저도 알고 있으니까요. 아버지가 그렇게 떠나간 덕분에 어머니와 많이 겪어봐서 잘 압니다."

상두의 말에 그는 고개를 끄덕였다. 그리고 미안해졌다.

그렇게 다시 대화가 단절되었다.

아버지는 간장게장의 속살을 꾹꾹 눌러 짜서 상두의 밥 위에 올려놓았다.

상두는 이런 아버지의 호의가 부담스러웠다.

"전 됐어요. 아버지 이거 좋아하시니까 드세요."

상두의 말에 아버지는 살짝 웃으시더니 대답했다.

"나 간장게장 그리 안 좋아한다."

"네?"

상두는 의아했다. 외식만 하면 간장게장을 먹던 사람이 아니던가.

"기억 안 나니? 간장게장을 좋아한 것은 내가 아니라 너였어."

아버지의 대답에 상두는 머리가 둔기를 맞은 것처럼 띵하고 울렸다. 가슴이 먹먹해졌다.

간장게장을 좋아하는 것은 자신이었다…….

식사를 마친 상두는 아버지를 태우고 신평의 집까지 데려다 주었다.

그러는 동안에도 두 사람은 아무런 말이 없었다.

하지만 예전처럼 싸늘한 기운은 없었다.

그저 여느 아버지와 아들처럼 일상적인 침묵이었다.

'그래도 나는 아버지를 인정할 수 없어.'

상두는 아버지를 내려 주고도 그렇게 속으로 뇌까렸다.

아직까지 아버지를 받아들이는 것은 그리 쉬운 일은 아닐 것이다.

*   *   *

지난 방송의 여파로 화제를 몰고 온 상두는 방송 출연을 위해 생선 처음 가보는 방송국에 가보았다.

모든 것은 신기한 것투성이였다.

방송 기자재부터 여러 가지 스튜디오에서 녹화하는 것까지 모두가 상두에게는 재미있는 경험이었다.

스튜디오 촬영은 가게에서의 촬영보다 오히려 편했다.

카메라가 있기는 했지만 이상하게도 상두는 잘 적응하고 있었다.

"낯이 익어서 누군가 했더니, 수능 만점을 받은 청년이더라구요."

여성 사회자의 구수한 진행에 상두는 머리를 긁적였다.

"수능 만점 공부는 어떻게 한 거죠? 여기 모여 있는 어머님들이 모두 궁금해 하시는데. 어떻게 비법 같은 것 좀 공개해 주시죠? 다시 수능 보실 것도 아니니까. 호호."

"그냥 열심히 정말 열심히 한 것밖에 없습니다. 집안 형편이 좋지 않아서 사교육을 받을 기회가 전혀 없었거든요."

상두의 말에 방청객들의 탄성이 들려왔다.

"게다가 저는 학창시절 왕따였습니다."

왕따라는 말에 여성 사회자가 안됐다는 리액션을 보여주었다.

"그런데 어떻게 극복하신 거죠?"

"제 자신을 바꾼 거죠. 왕따를 하는 쪽은 일단 무조건 나쁩니다. 하지만 왕따를 당하는 쪽도 분명히 이유가 있어서 당하는 겁니다. 그것을 바꾸지 못하면 왕따에서 벗어날 수가 없지요."

그의 순탄치 않은 학교생활에 모든 어머님들이 고개를 끄덕였다.

그야말로 요즘 세상에 볼 수 없는 그런 자수성가를 한 청년이 아닌가.

"왕따를 당하는 건 그리 힘들지 않았어요. 하지만 그것을 지켜보고 계시는 어머니가 더 힘드셨겠지요. 어머니가 할 수 있는 것이 없었습니다. 당신께서도 하루 종일 노점에서 일을 해야만 했거든요. 아버지가 없었던 탓에 어머니는 무척이나 고생을 하셨어야 했습니다. 덕분에 곱던 얼굴에 주름이 가득 찼죠."

그는 어머니에 대해서 구구절절 이야기를 늘어놓았다.

여자사회자는 눈물을 훔쳤고 방청객들 중에서도 눈물을 보이는 이들도 있었다.

상두는 참으로 이야기 거리가 많았다.

주제도 다양했고 방송은 계속해서 그의 이야기로 채워져 나갔다.

순탄치 않았던 학교와 가정사에서 벗어나 성공하는 이야기는 사람들에게 감동을 줄 만한 그런 이야기들이었다.

모두들 고개를 끄덕이며 상두의 이야기에 빠져들었다.

하지만 그 탓에 분위기가 무거워져서 사회자가 분위기를

바꿀 겸 다른 질문을 했다.

"그런데 피팅 모델을 했었다는데 정말이에요?"

상두는 멋쩍은 듯 고개를 끄덕이며 머리를 긁적였다.

"아르바이트를 잠깐 한 적이 있습니다."

"그렇다면 포즈 같은 것 잘 취하시겠는데요? 한 번 모델 워킹이라도?"

사회자의 짓궂은 요구에 상두는 몸을 일으켰다.

"제가 피팅 모델이라 워킹은 못하구요. 포즈라도 한번 취해 보겠습니다."

상두는 넉살 좋게 포즈를 취했다.

방청객은 그런 상두의 모습에 박장대소를 했다.

하지만 상두의 몸매는 상당히 뛰어났고 모두들 극찬을 했다.

잘생긴 자수성가한 청년 사업가.

굉장히 메리트가 있는 상두였다.

여러 명의 패널들 가운데서도 주눅 들지 않고 질문에 잘 대답하고 은근 즐기기도 했다.

대륙에서 카논으로 살던 당시 나라 전체를 위험에 빠뜨렸던 마왕 앞에서도 주눅 들지 않았다.

이런 것쯤이야 아무 것도 아니었다.

"수고하셨습니다!"

PD의 외침과 함께 방송 촬영이 끝났다.

PD는 잠시 상두를 불렀다.

"무슨 일이시죠?"

"상두 씨, 굉장히 말을 잘하시는 것 같아요. 끼가 있네. 나중에 이 프로그램에 패널로 참여해 주실 수 있겠어요? 바쁘면 어쩔 수 없지만 말이에요. 어린 나이에도 불구하고 여러 가지 경험들이 많아 방송에 꽤나 재밌는 이야기를 풀어갈 수 있을 것 같은데."

상두는 그의 말에 고개를 끄덕였다.

"알겠습니다. 조금 더 생각하고 답을 드리겠습니다."

방송에 출연하는 것이 그의 사업에도 큰 플러스가 될 것 같았다.

상두는 패널들과 제작진들에게 인사하고 미리 준비한 떡갈비들을 나눠주었다.

사실 얼마 되지 않는 양이지만 이렇게 함으로서 호감을 살수 있고, 기업 이미지도 좋아지게 된다.

상두는 가게에 걸어둘 연예인 패널들의 사인을 받고는 모든 방송 일정을 마쳤다.

"으으……!"

방송국 밖으로 나온 상두는 기지개를 켰다.

아직까지는 햇살이 밝게 비추고 있었다.

잠시 서울을 구경을 할까 아니면 바로 돌아갈까 고민 중이었다.

몇 달을 미친 듯이 식당에서 일을 하다 보니 좀이 쑤시는 것도 사실이었다.

서울은 정말로 놀기에 좋은 곳이 아닌가.

하지만 생각을 접었다. 부모님이 일을 하고 계신다.

아버지야 뭐 그리 걱정이 안 된다지만, 어머니가 혼자 일하는 것은 볼 수가 없었다.

방송국 멀리서 누군가가 고개를 갸웃거리더니 상두를 향해 다가오기 시작했다. 그러더니 눈을 크게 뜨며 말했다.

"어? 상두 아니야?"

상두는 의아한 듯 그를 바라보았다.

"어? 김동준??"

상두의 곁으로 찾아온 이는 바로 고교동창 김동준이었다.

상두 역시 그가 기억나는 듯 그를 반갑게 맞이했다.

상두와 여러 가지 사건이 있었던 김동준이었다.

초반에는 실수지만 자신을 죽이려 했다는 이유로 사이가 좋지 않았지만 2학년 때 같은 반으로 지내면서부터는 그런대로 사이가 좋았다.

하지만 3학년이 되자 잘 만나지 못하게 되어 흐지부지한 사이가 되었다.

연락을 한다한다 하다가 지나다 보니 바쁘다는 핑계로 잊혀졌다.

친구들이란 그렇게 쉽게 잊혀질 때도 있지 않은가.

하지만 오랜만에 만나니 반갑기 그지없었다.

두 사람은 악수를 나눴다.

"여기는 무슨 일이야?"

동준의 물음에 상두는 웃으며 대답했다.

"방송 탈 일이 생겨서 말이야."

"소문으로 사업이 잘된다는 이야기는 들었는데, 그것 때문이야?"

상두는 고개를 끄덕였다.

"이야, 출세했는걸?"

동준은 과장된 행동으로 그의 어깨를 툭하고 쳤다.

"너는 이곳에 무슨 일이야?"

"아아, 알바 중이야. 너도 알잖아, 아버지 빡세게 구는 거."

"여전하구나. 의원님은 잘 계시니?"

상두의 물음에 그는 고개를 끄덕였다.

"마침 서울 자택에 계시는데 인사차 만나러 가볼래?"

동준의 말에 상두는 고개를 끄덕였다.

생각하고 자시고 할 것도 없었다.

국회의원과 제대로 알아두면 좋으면 좋았지 나쁠 것도 없었다.

게다가 그는 상두에 대해서 호감도 있었던 사람이 아니던가.

"그럼, 가자. 마침 아르바이트도 마쳤으니까."

두 사람은 상두의 차에 몸을 실었다.

"너 성공했다더니 차가 엄청나네."

상두의 외제차를 보더니 동준은 부러운 눈치였다.

상두는 어깨를 한번 으쓱했다.

"크게 한번 질렀지."

상두는 그렇게 말하고 차를 몰았다.

그들이 향한 곳은 교외였다.

회색빛 건물들도 없었고, 나무와 산들이 들판이 보이는 곳이었다.

조금 더 나아가니 꽤나 좋은 전원주택이 눈에 들어왔다.

"여기야."

동준의 말에 그들은 차에서 내렸다.

모든 자재가 최고급이었다.

아무리 청렴하다고 알려진 의원이라도 사는 곳은 역시나

고급이었다.

집 앞에는 경호원들이 진을 치고 있었다.

동준의 모습을 보이자 그들은 위협을 풀었다.

경호원이 무전으로 내부에 알리자 문이 열렸다.

"삼엄하네. 이렇게까지 할 필요가 있나?"

상두의 말에 동준은 웃으며 말했다.

"이래봬도 우리 아버지는 제1야당의 실세라고. 이 정도 경비는 상식이야, 상식."

상두는 고개를 끄덕였다. 야당의 실세라 하면 어쩔 수 없겠다.

하지만 이런 데에 세금이 들어가는 것은 국민으로서 그리 좋지만은 않았다.

"야, 기분 나쁘게 듣지는 말고… 이거 다 세금으로 하는 거 아냐?"

상두의 말에 동준은 약간 기분이 나쁜 듯 인상을 찌푸렸다.

"우리 아버지를 뭘로 보는 거야. 다 사비로 하는 거야."

"아… 미안……. 뭐, 화나게 하려는 의도는 아니었어."

상두의 말에 동준은 다시 살짝 웃으며 대답했다.

"그래, 상두 네가 그럴 의도를 가질 놈은 아니니까.

성원을 지나 들어가는 동준의 모습은 무척이나 밝았다.

예전 같은 허세도 없었고, 잔인함도 없어 보였다.

나이도 들었고 이제야 철이 든 것이다.

"아빠, 저 왔어요."

두 사람이 안으로 들어서자 이미 김 의원은 소파에 앉아 있었다.

파이프 담배를 입에 물고 빨아 당기는 것이 그런대로 기품이 있어 보였다.

"오랜만이로군, 상두 군."

그의 인사에 상두는 고개를 숙여 인사했다.

"식사는 했는가?"

"아뇨, 아직입니다."

"마침 식사하려던 참인데 잘됐군. 같이 들지."

김 의원의 권유와 함께 그들은 식당으로 이동하여 식사를 시작했다.

식사를 하는 동안 두 사람은 여러 가지 이야기를 나누었다.

일상적인 대화의 연속이었다.

그러다 상두의 사업 이야기가 나오자 그는 웃으며 상두를 칭찬했다.

"그래, 내가 도움이 필요할 때 힘을 써줌세."

"감사합니다."

상두의 인사에 그는 고개를 끄덕였다.

그리 큰 이야기가 오고 가지는 않았다.

첫술에 배부를 필요는 없다.

상두는 국회의원을 만났다는 것에 큰 의의를 가졌다.

어쩌면 이것은 아주 큰 의의다.

이 나라에서는 권력에 선이 닿으면 어떠한 것보다 더 큰 힘을 발휘할 수 있음을 알기 때문이었다.

*　　　*　　　*

상두는 처음으로 고3 반창회를 나갔다.

그는 옷을 쫙 빼입고 외제차를 몰고 나갔다.

위세를 부리려는 것이 아니었다.

찌질한 옛날의 과거를 알고 있는 자들에게 상두의 성과를 보여주고 싶었던 것이다.

그의 성과를 보여주면 왕따를 당했던 그때의 기억들에 조금은 보상이 될 것만 같았다.

다른 지방이나 서울 쪽 대학으로 진학한 친구들도 꽤나 있어서 구미에서 하지는 못하고 서울에서 모이기로 했다.

상두는 일단 수민과 먼저 만났다.

사실 수민과 얼마 전 다툼이 있어서 그녀를 풀어주기 위해 상두는 무던히도 애를 썼다.

명품 가방이며 노트북이며 여러 가지 선물공세를 했다.

옛날 같으면 상상도 못할 것이었다.

하지만 지금의 상두의 씀씀이는 벌어들이는 만큼 커졌다. 그러나 수민은 그런 선물들은 모조리 반품시켜 상두에게 다시 돌려주었다.

사실 그런 선물들도 수민의 화를 더욱더 부추긴 요인 중 하나였다.

그녀가 화를 푼 결정적인 계기는 바로 그가 아무런 연락도 하지 않고 무작정 수민의 집으로 간 것이었다.

그저 꽃 한 다발만 가져갔을 뿐인데 그녀의 마음이 눈 녹듯 녹아내렸다.

예전의 순진했던 상두를 본 것 같다는 이유에서였다.

"이야……. 오늘 쫙 빼입었네?"

상두는 오늘 옷을 제대로 차려 입기는 했지만 예전처럼 비싼 옷만 치렁치렁 입지는 않았다.

젠틀한 이미지를 강조한 옷을 입었던 것이다.

"이 차 몰고 갈 거야, 정말?"

수민의 물음에 상두는 고개를 끄덕였다.

"또 돈 잘 번다고 잘난 척하려고?"

"아니, 그냥 내가 얼마나 성공했는지 보여주고 싶을 뿐이야."

상두의 말에 수민은 고개를 끄덕였다.

상두도 남자다. 자신의 성과를 주변에 알리고 싶은 것은 어쩌면 당연하다.

수민은 오늘만은 그의 마음을 알아주기로 했다.

두 사람은 약속 시간보다 좀 더 늦은 시각에 도착하기로 했다.

그래야만 상두가 돋보일 것이라는 판단에서였다.

그리고 그들은 계획했던 시간에 맞추어 약속 장소에 다다랐다.

주차를 하고 들어가려는데 아는 얼굴과 마주쳤다.

그는 3학년 때 반장 황상진이었다. 공부도 잘해서 서울대에 들어간 인물이다.

"오오, 박상두!"

그는 상두를 반갑게 맞이했다.

"야, 방송 봤다. 인물이 훤해졌더만. 와! 저거 네 차야?"

상두는 고개를 끄덕였다. 그리고 어깨에 힘을 주었다.

남자들끼리 대결에서 말보다는 역시 차로서 말하는 게 제대로 먹히는 것이었다.

그는 성공한 상두가 부러운지 마냥 바라보고 있었다.

동창회 장소에 들어선 이후 동창회의 주인공은 당연히 상두었다.

방송에 관한 이야기, 신문에 관한 이야기로 꽃을 피웠다.

상두는 이런 것이 기분 나쁘지 않았다. 아니, 오히려 기분이 좋았다.

언제나 왕따를 당했던 그가 아니었던가.

그들은 이제 상두가 왕따였다는 사실도 잊고 있었다.

그렇게 시간이 무르익었다.

"오늘은 내가 쏜다!"

상두는 기분이 좋았다.

이들은 학창시절 함께했던 이들이었다. 이들과 함께했던 시간에 좋은 기억이 그리 없기는 했지만 그래도 추억이다.

이들에게 돈을 쓰는 것이 아니라 추억에 돈을 쓰는 것이었다.

수민은 옆에서 눈치를 줬지만 상두는 상관하지 않았다.

오늘만은 어쩔 수 없는지 그녀는 한숨을 내쉬며 상두를 용인해 주었다.

상두는 1차의 모든 비용을 현금으로 계산했다. 모두들 상두의 통 큰 모습에 탄성을 자아냈다.

밖으로 나온 그들은 2차를 가려고 했지만 흐지부지 중이었다.

모두들 학업으로 바쁜 사람들이 대부분이기 때문이었다.

하지만 상두는 상관이 없었다. 어차피 이들에게 보여줄 건 모두 보여준 상태였다.

모두들 주차장으로 향했다.

상두는 주차장에서 자신의 차로 향했다.

모두들 눈이 커졌다. 꽤나 비싼 외제차다 보니 놀랄 수밖에 없었다.

상두는 의기양양하게 차에 올랐다. 수민은 약간 어색한 웃음을 보이며 차에 올랐다.

그렇게 상두는 동창회를 떠났다.

"잘난 척하고 나니까 좋아?"

수민은 뾰로통하게 입술을 내밀었다.

"난 네가 그렇게 입술 내밀 때가 그렇게 좋더라."

상두는 그녀를 바라보며 웃음 지었다. 그러자 수민의 얼굴이 붉어졌다.

어느덧 그녀의 오피스텔 앞에까지 도착했다. 수민이 문을 열려고 하자 상두가 그녀의 손을 잡았다.

"오늘 밤……."

상두는 수민을 바라보지도 못하고 입을 열었다. 그의 입술이 바짝바짝 타들어가는 것만 같았다.

"오늘 밤 뭐?"

그녀는 물었다. 상두는 잠시간 숨을 들이마셨다.

수천 대군 앞에서도, 마왕의 앞에서도 떨지 않고 덤벼들던 상두였다.

하지만 지금 이런 상황에서는 아이러니하게도 떨림이 멈추지 않았다.

"나와 같이하지 않겠어……?"

상두의 말에 그녀는 풋하고 웃음을 보였다.

"로맨틱하게 못해?"

그녀의 말에 상두는 잠시 멍해졌다.

"어떻게 로맨틱하게……?"

상두가 머뭇거리자 그 모습이 보기 좋은지 그녀는 상두의 입술에 입을 맞추었다.

"이렇게……."

그녀가 수줍게 말하자 상두는 그녀의 입술에 프렌치 키스로 화답했다.

두 사람은 호텔로 향했다.

룸에 들어선 둘은 어색하게 침대에 앉았다. 상두는 헛기침만 계속할 뿐이었다.

"머, 먼저 씻을게!"

상두는 어색하게 큰 목소리로 외치고는 욕실로 후다닥 뛰어갔다.

욕실에 들어온 상두는 대충 샤워를 하고 한참을 멍하니 있었다.

"지금 내가 뭘 하고 있는 거지……."

카논이던 당시 평생 술과 여자를 멀리하고 있었다.

술과 여자는 무도인의 길에 방해만 된다고 생각한 것이다. 하지만 그 다짐이 오늘 깨지고 있었다.

"에라… 에라 모르겠다."

상두는 샤워 가운을 걸치고 밖으로 나갔다.

그가 나오자 수민도 샤워를 했다.

"무슨 놈의 샤워를 저렇게 오래하냐……."

상두는 안절부절하였다.

수민의 샤워가 너무도 길었기 때문이다. 보통의 여자의 샤워 시간인데도 상두는 지금 불안해서 어쩔 수 없었다.

너무 불안한 탓인가?

상두는 침대에 누워 스르륵 잠들고 말았다.

샤워를 마치고 나온 수민은 상두를 보고 당황했다.

"자는… 거야……?"

수민은 안도의 한숨을 내쉬었다.

사실 그녀도 따라오기는 했지만 남자와의 하룻밤이 두려운 것이 사실이었다. 그녀 역시 경험이 없는 사람이니…….

"훗……."

이내 그녀는 예쁜 미소를 지었다.

이렇게 순수한 상두의 모습을 그녀는 사랑하고 있었던 것이다. 그녀는 상두의 이마에 살포시 입 맞추고 옆자리에 누웠다.

"사랑해……."

수민의 낮은 속삭임에 상두가 눈을 떴다.

"나도……."

상두는 그녀의 입술을 훔쳤다.

두 사람은 그렇게 불타올랐다. 검은 밤을 하얗게 그렇게 지새웠다.

*   *   *

"왜 이것뿐인가!"

검은 트레이닝복을 입은 잔인한 얼굴의 청년에게 상두 아버지는 항의했다.

그의 손에 쥐어진 약의 양이 적었던 것이다. 약은 캡슐로 되어 있는데 대략 여덟 개 정도였다.

"요즘 약값이 올랐어요. 몰랐습니까? 돈을 더 가지고 오면 더 줄 겁니다."

그의 말에 상두 아버지는 울컥했는지 그에게 달려들었다.

"이 영감쟁이가!"

청년은 그의 얼굴에 주먹을 날렸다.

"크윽!!"

청년의 혈기에 그대로 쓰러질 수밖에 없는 상두의 아버지.

그의 손은 벌벌 떨려왔다. 약에 대한 금단 현상이었다.

"손도 벌벌 떨리는구만, 빨리 약 먹어요. 그리고 또 사러 오시란 말입니다. 크크큭……."

그는 그렇게 잔인하게 웃으며 옆에 여자들을 끼고 클럽 안으로 들어갔다.

"빌어먹을……! 빌어먹을……!"

그는 손을 부들부들 떨면서 소리쳤다.

하지만 소용이 없었다. 이 약이 없다면 살아갈 수가 없었다.

이미 그는 약의 노예였다.

그는 주변의 눈치를 살폈다. 그리고 사람들이 보이지 않는 골목으로 들어갔다.

골목으로 들어가서도 두리번거렸다. 아무도 없는 것을 확인해서야 알약 하나를 삼켰다.

"크윽……!"

잠깐 고통이 밀려오는 듯 그는 인상을 찌푸렸다. 하지만 그것도 잠시 이내 기분이 좋은 듯 눈을 감았다.

황홀경…….

이 황홀경 때문에 그는 이 약을 끊을 수가 없었다.

세상의 시름 따위는 사라진다. 세상의 고통 따위는 알 바 없어진다.

그는 이제 이 약이 없이는 살 수가 없다.

강력한 각성 효과는 물론이고 무엇이든지 할 수 있다는 생각까지 들었던 것이다.

그는 그렇게 골목에 스르륵 쓰러지듯 주저앉아 한참 동안을 침을 흘리며 웃음 지었다.

얼마 후 그는 정신을 차렸다.

그리고 조용히 가게로 향했다.

가게에는 상두가 도착해 있었다.

전날에 서울에 갔다 와서 피곤해 조금 늦게 출근한 것이다.

상두의 얼굴에는 화색이 돌고 있었다. 아무래도 좋은 일이 있었던 것 같았다.

"상두 왔니."

아직도 상두는 그를 제대로 바라보지 않았다.

아직까지 받아들이기 힘든 것이다.

하지만 그래도 경멸의 눈초리는 없었다. 그것만으로도 아버지는 만족했다.

상두 역시도 착실해진 아버지의 모습에 조금씩 인정하고 있는 것도 사실이었다.

다시 일상이었다.

세 식구는 열심히 일했다.

일하고 또 일했다.

그래야 이 어려운 세상에서 살아남는다.

가족끼리 똘똘 뭉치는 것, 그것은 어쩌면 행복이다. 상두도 행복했고 아버지도 행복했다. 이 순간 가장 행복한 것은 어쩌면 어머니일 것이다.

"으윽……."

갑자기 상두 아버지는 그의 오른 손목을 잡는다. 그리고 주위를 두리번거렸다.

다행히도 아무도 보지 못했다. 그의 손이 부르르 떨린 것이다. 머리도 지끈거리며 아파오기 시작했다.

약의 금단 현상.

그는 무작정 가게 문 앞으로 갔다. 들키기 전에 약을 하고 진정시켜야 했다.

"어디가요?"

상두의 물음에 그는 힘겹게 웃으며 대답했다.

"담배."

"열심히 일하나 싶더니 또 농땡이예요?"

상두의 두성에 아버지는 살짝 웃음을 보이며 밖으로 나갔다.

그는 식당 옆의 골목으로 들어갔다. 그러고는 품속에서 알약을 하나 꺼내서 삼켰다.

"크윽……!"

또다시 고통이 몰려오는 것 같았지만 이내 황홀경에 빠졌다.

"이 느낌……! 그래, 이 느낌이야……!"

찰나와 같은 이 황홀경을 못 잊어 계속해서 약을 해댔다. 그것이 본인의 생명을 갉아먹는 일이라고 해도 그는 멈출 수 없었다.

황홀경이 끝나고 그는 다시 자리에서 일어나며 이마의 땀을 닦아냈다.

이제 일을 해야 한다. 더 이상 아들을 실망시킬 수는 없었다.

"언제부터예요?"

상두였다.

상두의 아버지는 화들짝 놀라며 상두를 바라보았다. 상두의 진노한 모습에 아무런 말도 못했다.

인상을 구기며 고개를 떨어뜨릴 수밖에 없었다.

"그거 마약이죠?"

상두의 물음에 그는 움찔했다. 하지만 대답할 수가 없었다.

이제야 자신을 조금씩 받아주고 있는 아들이었다. 아들에게 실망을 줄 수가 없었다.

대답한다면…….

대답한다면 조금이나마 생겼던 그 신뢰가 와르르 무너질 것이다.

"그거 마약이냐니까요!"

상두의 호통.

하지만 언제까지 숨길 수 있을까. 그는 고개를 끄덕일 수밖에 없었다.

"정말 구제불능이군요. 정말로!"

상두는 그에게 다가와 멱살을 잡으려 했지만 손을 다시 내렸다.

경멸과 슬픔이 어우러진 기묘한 표정으로 그는 다시 식당으로 돌아갔다.

아버지는 그대로 주저앉았다.

아버지로서 인정받으려 했지만 이제 다시 산산이 부서졌다.

더 이상 상두는 그를 인정해 주지 않을 것이다.

어쩌면 영원히…….

CHAPTER **03**
마약 (2)

상두는 일을 잠시 내려놓고 박경파를 찾아갔다.

　아무래도 어두운 세계의 일은 박경파가 제일 잘 알고 있을
것이다.

　그에게 조언을 구한다면 실마리를 찾을 수 있을 터였다.

　사무실에 들어가니 박경파는 여느 때와 같이 신문을 읽고
있었다.

　박경파는 건달이었다. 건달 중에서도 두목이었다. 하지만
그는 세상 돌아가는 모습을 놓치지 않았다.

　인기척을 느낀 박경파는 신문을 테이블 위에 내려놓았다.

"아, 상두 군 왔는가?"

상두는 그에게 고개를 숙여 인사했다.

"오랜만이군, 사업이 잘되다 보니 얼굴 보기 참 힘들구만. 수민이도 요즘 통 못 만난다고 볼멘소리를 하던데."

"요즘 많이 바쁘니까요. 그런데 회장님은 왜 가게에 잘 안 들리십니까?"

"뭐, 나도 요즘 통 바쁘구만."

그는 상두의 아버지가 돌아온 이후 상두의 가게로 잘 찾아오지 않는다.

아무래도 상두의 어머니에게 호감이 있었는데 본남편이 찾아오니 출입하기 그랬던 것이다.

"그래 바쁜데도 이렇게 온 것 보니까 무슨 사정이 있나 본데……. 용건이 무언가?"

"이거 아십니까?"

박경파의 물음에 상두는 다짜고짜 지퍼백에 담긴 캡슐약을 보여주었다.

박경파의 얼굴이 굳어졌다. 그 역시 그것이 무엇인지 알고 있는 것 같았다.

"그것 어디서 구했나?"

상두는 말하기 꺼렸다. 아무리 싫은 사람이지만 아버지의 것이라고 말할 수는 없었다. 가족의 치부를 드러내는 것 같았기 때문이다. 팔은 역시 안으로 굽는다.

"왜 그러지……? 난 자네에게 가족 같은 사람이라고 생각했는데… 나만의 착각인가?"

박경파는 섭섭한 듯 읊조렸다.

상두는 고개를 끄덕일 수밖에 없었다.

이 세계에 와서 가장 그를 도와주고 이끌어준 사람이 누구인가. 바로 박경파였다.

그런 그에게 못할 말이 무엇인가.

"…아버지가 구했다고 하는군요."

박경파의 얼굴이 어두워진다.

"요즘 유행하는 러브 앤 피스라는 마약이야. 구하기도 힘들고 젊은이들 사이에서 유행이었는데 왜 자네 아버지가 그것을 먹고 있는 건가."

"모르겠습니다. 아무튼 이것을 판매 루트를 아십니까?"

상두의 물음에 그는 고개를 끄덕였다.

"금오시장일세……."

박경파는 '끙' 하고 한숨을 내뱉었다.

금오시장은 그가 관리하는 구역이 대거 포함되어 있기 때문이었다.

"우리가 경영하는 클럽에도 이런 것들을 유통시키는 작자들이 있지. 잡아내려고 해도 그게 잘 안 된단 말이야."

마약에는 강경한 박경파가 잡아내기 힘들 정도라면 이미 이 마약은 구미시에 뿌리 깊게 내려앉은 것일지도 모른다.

"내가 이쪽 사업을 한다면 모르겠지만 알다시피 난 마약에는 손대지 않아. 박강석이에게 한번 알아보라고 해보겠네."

상두가 고개를 끄덕이고는 박경파에게 인사를 올렸다.

"그럼 가보겠습니다."

"어디가나? 식사라도 한번 같이하지."

"저도 이 더러운 약을 파는 놈들을 찾아 봐야겠습니다."

상두는 그렇게 인사를 하고 밖으로 나왔다.

밖으로 나선 상두에게 답답함이 몰려왔다.

도대체 마약이라는 것을 왜 하는지 그는 이해가 되지 않았다.

세상이 각박하다고는 하지만 그런 약물을 복용한다고 세상이 달라지는 것도 아닌데…….

무작정 길을 나선 상두는 금오시장을 돌았다.

하지만 정보는 모을 수가 없었다. 음성적인 것이다 보니 소문만 무성할 뿐이었다.

마약을 취급하는 사람이라고 해서 찾아가 족쳐도 답은 나오지 않았다.

끼리끼리 이야기가 통하다 보니 상두의 귀에 들어올 리가 없었던 것이다.

그는 아무런 소득도 없이 돌아갈 수밖에 없었다.

가게는 일찍 문을 닫았다.

어머니는 이미 집에 돌아가 있는 상태였다.

아버지는 금단 현상 때문에 일터에 나오지도 않았다.

상두는 일단 집으로 향했다.

집안에는 아버지도 함께였다. 약을 하는 사람을 혼자 내버려 둘 수가 없었던 것이다.

무거운 기류…….

집안 분위기는 가라앉을 대로 가라앉았다.

어머니와 아버지는 이야기조차 하고 있지 않았다.

간간히 대화도 나누고 사이가 조금은 나아진 상태였지만 이제 그럴 여유는 없었다.

어머니는 멍하니 하늘만 바라볼 뿐이었다.

아무리 원수 같은 남편이지만 마약을 한다니 마음이 편치가 않은 것이다.

"시설에 갑시다."

집안의 침묵을 깬 상두의 말에 아버지는 눈을 크게 떴다.

"그따위 약… 끊을 수 있어!"

상두는 아버지의 말에 반박했다.

"마약은 본인이 끊을 수 있다고 해서 끊을 수 있는 것이 아닙니다."

"나를 정신병원에 들여보내려는 거냐!"

아버지의 외침.

상두는 아버지를 강한 눈빛으로 바라보았다.

"뭘 잘했다고 이러십니까. 아버지가 돌아와서 이제 조금은 기댈 대상이 생겼다고 생각했는데……! 당신은 지금 우리의 마음을 산산이 부숴 버렸어!"

상두의 외침에 아버지는 그대로 주저앉았다. 그라고 상황을 이렇게 만들고 싶었을까.

상두도 모르는 바는 아니었다. 하지만 평생 가족은 생각하지 않고 본인만을 생각하는 아버지의 저 모습을 상두는 이해할 수가 없었다.

"나도 이러고 싶지는 않았다. 나도……."

"그러니까 시설로 가라구요. 고치면, 아니 나으면 그때는 제대로 대접해 줄 테니까."

상두의 말에는 진심이 담겨 있었다. 아니, 카논의 말에는 진심이 담겨 있었다.

그간 지내면서 아버지와 미운 정 고운 정 다 들었던 것이다.

그의 진심이 통했는지 아버지는 고개를 끄덕였다.

그 역시도 잘 알고 있었다. 이 이상 이들과 함께 있는 것은 고통만 더하는 일이었다.

그가 사라져 줘야만 일이 고통에서 해방되리라……

"그럼 연락해 놓을 테니까. 내일 같이 가요."

상두의 말에 그는 다시 고개를 끄덕였다.

어머니는 그저 상두가 하는 대로 할 수밖에 없었다.

10년 만에 가족이 다시 합쳐지는 것이라고 생각했다.

하지만……

또다시 가족은 갈라져야 했다.

*　　　*　　　*

상두는 식당 일을 열심히 했다.

아버지는 시설로 들어갔다. 꽤나 이름이 알려진 곳이라 충분히 약을 끊을 수 있을 것이다.

하지만 이것으로 상두는 끝내고 싶지 않았다.

'뿌리를 뽑아야 한다……'

마약을 유통하는 놈들을 뿌리째 뽑지 않으면 상두의 가정과 같은 일들이 비일비재할 것이다.

마약은 개인만 파괴하는 것이 아니다.

가정까지 철저히 파괴하는 이 세상에 있어서는 안 되는 그런 최악의 극약이다.

"여어~ 애송이."

누군가가 들어온다.

박강석이었다. 그는 식탁에 아무렇게나 앉았다.

상두는 그의 맞은편에 앉았다.

"소식은?"

상두는 여전히 그에게 말이 짧았다.

"형님한테 자꾸 반말할래?"

"시끄러워."

박강석은 헛웃음을 보였다.

그에게는 아직 어린놈이지만 이상하게도 자신과 비슷한 또래의 동질감을 느꼈던 것이다. 그래서 웃어넘길 수 있었다.

"놈들이 주로 활동하는 무대를 찾아봤다. 어디에 뿌리를 내리는 것이 아니라 이곳저곳을 전전하지. 하지만 보통 화요일, 수요일, 목요일에 클럽에 출몰하지. 점조직으로 되어 있어서 뿌리를 찾는 것은 그리 쉽지는 않을 거야."

강석의 말에 상두는 고개를 끄덕였다.

"그런데 상두 군."

"왜?"

"이 일에 손을 떼는 게 어때?"

"왜?"

"아니 그냥……."

박강석은 말끝을 흐린다. 상두는 그가 이러는 이유가 궁금했지만 더 이상 묻지 않았다.

어차피 말해줄 그가 아니었다. 그의 입은 백금만큼 무겁다.

"오늘은 인동 쪽이다."

강석은 간단하게 상두에게 말하고 자리에서 일어났다.

"그럼 난 간다."

"왜, 떡갈비라도 먹고 가지?"

"그럼 그럴까? 하지만 돈은 안 낼 거다."

"걱정하지 마."

상두는 피식 웃음을 보이며 주문을 주방에 전했다.

천진하게 웃는 상두의 모습을 강석은 물끄러미 바라보더니 고개를 절레 흔들었다.

밤이 찾아왔다.

상두는 최대한 옷을 차려 입었다. 클럽에서는 옷을 제대로 입지 않으면 들여보내지 않으니 말이다.

"이 정도면 되려나?"

그는 전신거울에 자신의 옷차림을 바라보았다.

생각보다 괜찮았다.

상두는 조금만 멋을 내도 폿이 살았다.

역시 피팅 모델을 했던 가락이 남아 있었던 것이다. 오히려 그때보다 더 옷발이 살아나고 있었다.

"그럼 가볼까?"

그는 인동으로 향했다.

그가 기거하는 곳에서 그리 멀지 않은 곳이다.

젊은이들이 많이 모여 있다 보니 구미에서도 요즘 유흥으로 꽤나 발전이 되어 있는 곳이었다.

그는 박강석이 알려준 곳으로 향했다. 그는 조심스럽게 들어섰다.

역시나 시끄러웠다.

언제나 이런 분위기는 익숙지 않았다.

하지만 조금씩 몸을 흔들었다. 누군가를 찾는 듯 주변을 두리번거리면 오히려 거부감만 산다.

이곳에 있다는 마약 상인이 그를 발견할지도 모른다.

그의 움직임은 춤사위가 되었다.

춤사위는 거북한 것이 아니라 꽤나 멋진 움직임을 만들어냈다.

그의 주변으로 사람들이 몰렸다. 여자들은 그의 몸에 부비부비를 하기 시작했다.

하지만 상두는 그것에 신경 쓰지 않았다. 주변에 의심스러운 사내들을 스캔하고 있었던 것이다.

'찾았다.'

그의 눈에 익숙한 얼굴이 포착되었다.

그는 아버지에게 약을 팔았던 그 트레이닝복의 청년.

그가 상두와 눈이 마주쳤다.

낌새를 느꼈는지 그는 자리를 피했다. 상두는 그를 쫓기 위해 여자들을 밀치고 나아갔다.

그가 향한 곳은 클럽의 뒷문이었다.

상두가 밖으로 나가자 갑자기 등을 향해 무언가 길쭉하고 딱딱한 무엇이 날아왔다.

'억' 하는 소리가 났지만 오히려 그 물체가 부서졌다.

그것은 각목이었다.

상두는 굳건했다. 이런 것으로 쓰러질 그가 아니었다.

"모습을 드러내라."

상두의 읊조림에 여러 명의 청년이 모습을 드러냈다.

하나같이 양아치 같은 스타일을 고수하고 있었다.

그들의 중심에는 상두가 쫓던 그가 서 있었다.

"아이고~ 각목이 부러졌네……. 좀 노시는가 봐요?"

트레이닝복의 청년이 상두를 비아냥거리며 나타났다. 상두는 그저 옷을 툭툭 털 뿐 그의 말을 무시했다.

"아버지가 약이 떨어져서 아들에게 심부름을 시키셨나?"

"나를 기억하고 있군."

"나는 고객을 잘 기억하거든. 고객의 가족도 말이야. 내 잠정 고객이니까."

청년의 말에 상두의 얼굴에는 살기가 흘렀다. 그 모습에 트레이닝복 청년과 무리들이 움찔했다.

"아이고… 나를 아주 잡아 잡수겠수다."

강한 척하기 위해 비아냥거리지만 몸이 미세하게 떨리는 것을 상두는 느낄 수가 있었다.

"네놈이 총책이냐?"

상두의 물음에 트레이닝복의 청년은 히죽거린다.

"내가 총책이면 어떻게 할 건데?"

"박살 낼 것이다."

상두는 그렇게 읊조림과 함께 몸을 움직였다. 움직이는 듯 싶더니 주변의 청년들이 픽픽 쓰러졌다.

트레이닝복의 남자는 눈을 크게 떴다.

"뭐, 뭐야, 이건……."

이런 것을 한 번도 본 적이 없을 것이다. 마치 귀신의 짓처럼 느껴졌다.

"뭐야, 저놈!"

남자는 도망치기 시작했다.

본능적으로 상두에게 당하면 죽을 수도 있겠다고 느껴졌다. 하지만 도망쳐 봤자 부처님 손바닥 안이다.

"어헉……!"

남자의 앞에 상두가 모습을 드러냈다.

당황한 그는 털썩 주저앉았다. 두려움에 뒤로 물러섰다.

"어떻게… 어떻게 내 앞에……."

상두는 축지를 써서 나타난 것이지만 일반인이 그것을 알 리가 없었다.

"씨발, 너 뭐야!"

"저승사자?"

"장난까지 마, 이 새끼야!"

남자는 주변에 있는 돌이라는 돌을 상두에게 던졌다. 하지만 이상하게도 돌은 상두에게 맞지 않았다.

"네가 총책이냐?"

상두가 물었다.

상두의 눈에는 살기가 가득했다. 가득하다 못해 쏟아져 그에게로 뚝뚝 떨어졌다.

"아니야… 아니야… 난 총책이 아니야……!"

"그럼 총책을 불어라……."

상두의 읊조림, 하지만 남자는 고개를 흔들었다.

"나도 장사를 해야지……! 윗선을 불면 어떻게 장사를 하나!"

그의 말에 상두는 피식 웃음을 보였다.

"네놈이 장사를 다시 할 수 있을 거라고 생각하는 건가?"

상두는 쓰러진 그의 복부를 걷어찼다. 장사를 다시 할 수 있다고 생각하는 것이 그는 괘씸했던 것이다.

"크와악……!"

트레이닝복의 청년은 평생 겪어 보지도 못한 고통을 느꼈다.

"다시 약장사를 생각해? 꿈도 야무지군."

상두는 건조한 눈으로 그를 구타하기 시작했다. 피가 터지고 뼈가 부서지는 소리가 나는데도 그는 멈추지 않았다.

"불게! 불겠어……! 그러니까……."

상두는 구타를 그만두었다.

그는 본능적으로 몸을 아르마딜로처럼 웅크린 채 흐느끼며 대답하며 말을 이었다.

"그러니까… 그만 때려……. 그만……."

"총책이 누구냐?"

상두는 문어마냥 축 늘어진 그의 멱살을 거머쥐고 들어 올렸다.

"총책은… 나도 몰라……!"

"장난 치냐?"

상두는 주먹을 들었다. 겁을 집어먹은 청년은 두 손을 힘겹게 들어 얼굴을 가렸다.

"때리지마!! 나도 중간책만 안단 말이야!"

"그럼 불어라……."

"그는 말이지……."

그는 철저하게 모든 것을 내뱉기 시작했다.

고통이 심할 텐데도 입에 모터가 달린 것처럼 마구 쏟아냈다.

정말로 말하지 않는다면 분명히 지금 그는 죽을 것이라는 공포를 느낀 것이다.

멱살을 거머쥐고 있는 상두의 눈빛이 죽인다고 말하고 있는 것 같았다.

"오늘은 이것으로 끝낸다. 다음부터 다시금 이따위 더러운 것을 파는 것이 걸리면……."

상두는 그를 가벼운 인형처럼 바닥에 집어 던지며 다시 말을 이었다.

"그때는 이것으로 끝내지 않을 것이다. 네놈 목숨을 끊는 것 따위 아무것도 아니야."

그의 공포 섞인 협박에 청년은 그대로 웅크리고 흐느껴 울었다.

자존심도 상했지만 제일 큰 이유는 공포심이었다.

이런 공포를 느낀 것은 그도 처음인지 굴욕감에 눈물이 멈추지 않았다.

"중간책이라고 하는 놈에게 전해라. 상두가 찾는다고. 네

놈도 이쪽 세계에 살고 있으니 알고 있겠지? 박스파 습격사
건……."

상두의 말에 그의 눈동자가 떨리기 시작했다.

"지… 지금… 상두라고… 했……."

그는 더 이상 말도 이을 수가 없었다.

"그래, 그게 바로 내 이름이다."

남자는는 상두라는 이름을 너무도 쉽게 알 수가 있었다.

이런 귀신같은 싸움 실력의 상두라면 하나밖에 없었다.

"피폭풍 바, 박… 상… 두……?"

상두는 고개를 끄덕였다.

그 역시 잘 알고 있었다.

고등학생의 나이로 고대파의 중간보스 박강석과 함께 박
스파를 휘몰아친 사건…….

그때 상두의 손에 쓰러진 건달들만 수십 명이 넘었다고 전
해진다.

덕분에 소문은 일파만파로 퍼져나가 구미 시내 건달계를
발칵 뒤집어엎었다.

그때에 풍문으로 그 역시 상두의 이야기를 들었던 것이다.

그런 그를 눈앞에 보니 그는 두려움에 몸을 떨 수밖에 없었
다.

"자, 잘못했어……! 살려줘……!"

그는 바짓가랑이를 붙잡았다.

이렇게 해서라도 그의 마음을 풀어야했다. 그렇지 않고는 죽지는 않더라도 반병신이 될 수도 있었다.

우연히 이 광경을 술병을 치우던 웨이터가 보고야 말았다.

"아… 아…….."

그는 두려움에 떨었다.

박상두가 그의 일터에 나타난 것이다. 어쩌면 이것은 큰일이다.

잘못했다가는 이 클럽 자체가 박살이 날 수도 있었다. 상두는 이들에게 바로 그런 존재였다.

"폰 내놔."

"네?"

이제 그는 상두에게 존댓말을 했다. 상두는 알아듣지 못하는 그의 뒤통수를 강하게 내려쳤다.

"크윽……! 알았어요! 알았어요……!"

그는 뒤통수를 부여잡고 스마트폰을 내밀었다.

상두는 그의 품에서 폰을 꺼내서 자신의 전화번호를 찍었다. 그리고 통화 버튼을 눌렀다.

제대로 통화가 된 것을 확인한 그는 조용히 읊조렸다.

"이 번호로 중간책에 대해서 알려주는 거야. 조금이라도 늦으면 넌……."

상두는 남자의 멱살을 거머쥐고 위협했다.

"죽는다……."

상두의 눈빛에 그는 얼굴을 홱 하고 돌렸다.

눈빛만으로도 그를 죽일 수 있을 것만 같았던 것이다.

"그리고 다시 한 번 약장사해도 내 손에 죽는다. 어디 그 더러운 약을 내가 사는 도시에 팔아먹고 있는 거야."

상두는 아직도 화가 풀리지 않는 듯 그의 배를 강하게 걷어 찼다.

"크억……!"

그는 그대로 혼절하고 말았다.

상두는 뒷문으로 해서 다시 클럽 안으로 들어섰다.

그러자 많은 사람들이 그를 바라보며 두려움에 떨었다. 특히 클럽 관계자들의 눈빛이 달랐다.

"형님, 나오셨습니까!"

그들은 상두에게 깍듯이 인사를 했다.

하지만 그 형님이라는 소리가 너무도 듣기 싫어 대답조차 하지 않았다.

"형님, 술이라도 한잔하고 가시죠?"

클럽의 높은 자리에 있는 사람인 것 같은 자가 상두의 팔을 잡았다.

아무래도 상두의 마음을 달래주기 위해서였다.

"이거 놔……."

상두의 으름장에도 그는 눈치없이 그를 잡아 끌었다.

"에이 예쁜 아가씨도 좀 붙여 드릴게요."

"놓으라고 했잖아!"

상두는 그를 그대로 쓰러뜨렸다. 사방에서 비명이 흘러 넘쳤고 클럽의 건달들이 상두에게 달려들려 했지만 쉽사리 다가서지는 못했다.

"구경났어, 이 더러운 것들아!!"

상두는 그렇게 외치고 클럽 밖으로 나갔다.

그는 대로로 나왔다. 큰 숨을 들이마셨다.

클럽의 공기는 사람의 폐를 죽이는 것처럼 느껴졌다.

며칠이 지나도 트레이닝복의 청년에게 연락이 오지 않았다.

사업이 바빠 상두도 연락을 해볼 생각을 하지 못하고 있었다.

하지만 이제 더 이상 참고 볼 일이 아니었다.

이렇게 그대로 둬버리면 그 자식은 어디론가 떠버릴 수도 있었다.

상두는 전화를 들었다.

─지금 거신 전화는 없는 번호이거나…….

전화를 했지만 없는 번호라는 알림 메시지만 들려오고 있었다.

"이 자식이…….."

일단 상두는 사업을 하루정도 접어두고 밖으로 나갔다.

트레이닝복의 청년을 수소문하기 위해 일대의 건달들을 다 수소문했다.

하지만 상두의 애송이 같은 모습을 보고 제대로 대답해 주지 않았다.

그럴 때마다 그의 이름을 말하며 족쳤다.

그의 이름의 효과는 상당했다.

어쩌면 이들에게는 고대파의 박경파보다 훨씬 더 무서운 이름으로 통할지도 모른다.

이 일대에 몇 시간이 지나지 않았는데도 박스파 습격사건의 주인공 상두가 다시 나타났다는 소문이 돌기 시작했다.

일파만파…….

그만큼 상두라는 이름의 파급력은 이 지역 건달들에게 깊이 각인되어 있는 것이다.

덕분에 정보는 쉽사리 찾을 수가 있었다.

괜히 상두를 활보하게 놔두다가는 이 지역 일대가 쑥대밭

이 될 수 있다는 이야기까지 돌기 시작한 탓이었다.

"구미를 뜬다고……?"

상두는 이빨을 꽈득 깨물었다.

건달들이 준 정보에 따르면 그는 오늘 구미를 뜬다고 하였다.

그의 원룸 건물도 알게 되었고 상두는 서둘러 그곳으로 향했다.

아니나 다를까, 트레이닝복의 청년은 모자를 깊게 눌러쓴채 이곳을 뜨려는 준비를 하고 있었다.

검은 가방을 뒤로 둘러메고 주변을 두리번거렸다.

조금만 늦었어도 그를 발견하지 못했을 것이다.

"어디를 그렇게 가는 거냐?"

상두의 목소리를 들은 그는 기겁하며 뒤를 돌아보았다.

그는 미친 듯이 내달렸다.

앞뒤옆을 보지 않았다.

'잡히면 죽는다……!'

그의 머릿속을 가득 메운 생각은 바로 그것뿐이었다.

상두는 그 모습에 비소를 보이며 쫓았다.

저렇게 도망간다고 해서 상두가 잡지 못하는 것은 아니었다.

역시나 쉽게 따라 잡을 수 있었다.

두려움에 굳어버린 남자를 따라잡는 것은 일도 아니었다.

"어디를 도망치시려고?"

상두는 그를 제쳐 나가 앞에 섰다. 뛰어가던 그는 깜짝 놀라 뒤로 넘어졌다.

"뛰어봤자 넌 내 손안에 있어."

상두의 위협.

그는 그대로 무릎을 꿇고 상두에게 빌었다.

"제발… 제발! 목숨만은 살려주십쇼!"

그의 말에 상두는 그의 머리를 발로 걸어찼다.

"크억……!"

그는 고통 속에 몸부림치기 시작했다.

"내 말이 말 같지 않아? 중간책에게 알리라고 했지? 그렇다면 내 앞에 중간책을 데리고 와야 될 거 아니야!"

상두의 호통에 남자는 머리를 부여잡고는 계속해서 죄송하다는 말만 연발했다.

그렇지 않고는 상두의 손에서 살아남을 수 없을 것이라고 판단한 것이다.

결국 그는 중간책이 있는 곳으로 안내해야만 했다.

상두가 향한 곳은 모텔이었다.

모텔 주인에게 사람을 찾으러 왔다고 전했지만 제대로 답해주지 않았다.

어쩔 수 없이 상두는 품에서 무언가를 꺼냈다.

"이 정도면 알려주실 겁니까?"

십만 원짜리 수표 다섯 장이었다.

"아, 네……."

주인은 돈을 보자 화색이 돌고는 허락해 주었다.

역시나 인간은 돈 앞에서 무력해진다. 손님의 안위 따위는 상관이 없었다.

상두는 이 층으로 향했다.

204호 앞에 선 상두는 문을 열었다. 역시나 잠겨 있었다.

그는 문고리에 힘을 주었다. 그러자 우지끈 소리와 함께 문고리가 부서졌다.

무엇을 하는지 문고리가 부서지는데도 안에서는 사람의 반응이 없었다.

상두는 성큼성큼 안으로 들어갔다.

모텔 안에서는 남녀가 뒤엉켜 거사를 치르고 있었다.

갑자기 들어온 상두의 모습에 남자는 당황한 듯 큰소리를 외쳤다.

"넌 누구야, 이 새끼야!"

"나? 박상두다."

상두의 이름을 밝히자 그의 얼굴은 사색이 되었다.

"그… 그… 그… 박상두?!"

상두는 비웃음을 흘리며 고개를 끄덕였다.

"저, 저는… 알려 드렸으니 이제 돌아가도……."

트레이닝복의 청년의 말에 상두는 그의 뒤통수를 강하게 내려쳤다.

"돌아가도 좋아. 하지만 다음부터 또다시 약을 팔면 죽여 버린다."

상두의 말에 그는 고개를 끄덕이며 밖으로 뛰어나갔다.

"거기 여자? 이 남자와 이야기할 것이 있으니까 이제 그만 꺼져주겠어?"

하지만 여자는 정신이 몽롱한 모습이었다.

아직 약기운이 남아 있는지 정신을 차리지 못하고 있었다. 상두는 일단 그녀는 신경 쓰지 않고 중간책에게 물었다.

"네놈이 중간책이냐?"

그는 고개를 끄덕였다.

그런데 어디선가 많이 낯이 익은 얼굴이었다.

"너 나 본 적 있지?"

상두의 물음에 그는 고개를 가로저었다. 하지만 그는 상두를 아는 것 같은 느낌이었다.

"아!"

상두는 생각이 났다. 이 자는 고대파의 일원이었다.

"너 이 자식! 고대파 식구 아니야?"

상두의 말에 그는 어쩔 수 없이 고개를 끄덕이며 어색하게 웃음을 보였다.

상두는 고대파의 박경파와 막역한 사이.

어쩌면 상두를 봐줄지도 모른다는 생각을 한 것이다.

하지만 그것은 그저 그의 생각일 뿐이었다.

상두가 귀신처럼 인상을 찌푸리자 정색할 수밖에 없었다.

"네놈이 이 따위 짓 하는 거 회장님도 아시나?"

그의 연이은 물음에 그는 고개를 절레 흔들었다.

박경파는 약장사와 여자장사를 좋아하지 않는다.

당연히 그가 안다면 이 중간책의 목숨은 남아나지 않았을 것이다.

"총책을 불어."

상두의 말에 그는 고개를 절레절레 흔들었다. 그래도 의리는 있는지 총책에 대해서 말할 수 없는 듯했다.

하지만 상두는 오늘 꼭 대답을 들어야만 했다. 구미 지역에서 마약이라는 더러운 약의 뿌리를 꼭 뽑아 버려야 직성이 풀릴 것 같았다.

대답치 않자 상두는 그를 미친 듯이 두들기기 시작했다.

대략 십여 분간이었다. 중간책은 이미 피투성이가 되었다.

상두는 그래도 멈추지 않았다. 죽지 않을 만큼 계속해서 후려 치고 있었다.

"말할게요. 말할게요⋯⋯."

그는 드디어 술술 실토를 하기 시작했다. 상두는 그의 말을 모두 듣고는 밖으로 나갔다.

"제프라는 백인이라⋯⋯."

상두는 고개를 가로로 저었다.

제프라는 자는 한국에 영어 강사로 있는 사람이라고 했다.

하지만 원래는 할렘가에서 마약을 유통하던 자인데 우리나라에 도망치듯 한국에 들어와 정착했다고 한다.

영어 원어민이고 백인인 덕분에 그의 과거 행적과는 상관없이 영어 강사가 될 수가 있었다.

"빌어먹을 나라가 영어라면 사족을 못 쓰니⋯⋯."

원어민 강사들의 문제는 하루 이틀의 이야기가 아니었다.

영어붐이 일어나고 영어가 대세가 된 이후부터 검증도 안된 외국 강사들이 물밀듯 들어왔다.

일본이나 여타 다른 나라보다 월급이나 대우 등이 훨씬 더 좋았으니⋯⋯.

그들만의 인터넷 커뮤니티에서는 한국에서 여자를 즐기며 살아가는 방법까지 올라오기까지 한다.

한국을 무시해도 너무 무시하는 놈들이었다.

하지만 이것은 이 나라가 만든 자승자박이다.

애초에 신원조회만 제대로 하면 문제가 없을 텐데, 영어 잘하고 백인이라면 무조건 우대하니 문제가 터질 수밖에 없었다.

"남의 나라에 와서 분탕질이나 하고……. 용서 못한다."

상두는 일단 집으로 향했다.

오늘은 너무 늦었다. 내일 또 일을 열심히 하고 난 뒤에 그 제프라는 자를 쫓아도 쫓아야 할 것이다.

*　　　*　　　*

제프라는 자를 찾는 것은 수월했다.

이 지역에서 꽤나 유명한 영어 강사였다.

매너도 좋고 성실하다고 소문이 나 있었다. 실제로 보니 꽤나 잘생겼고 인상도 좋았다.

충분히 그런 소리를 들을 만했다.

"성실하고 매너가 좋다고?"

하지만 상두는 코웃음을 칠 수밖에 없었다.

뒤로는 추악한 짓을 하고 다니는 것을 알게 되면 그런 평가를 할 수 있을까 싶었다.

그는 제프의 학원을 기웃거렸다.

구미에서도 알아주는 영어 회화 학원이었다.

성인반뿐만이 아니라 아이들도 많이들 다녔다.

아이들이 꽤나 많이 영어를 배우기 위해 들어가고 나가고를 반복했다. 저런 아이들이 마약쟁이가 가르친다니 소름이 끼쳤다.

게다가 제프 말고 다른 강사들은 어떠할지 참으로 궁금했다.

격일로 감시를 했다.

아무리 사장 직함이 있고 종업원들이 있어서 일을 수월히 해도 된다고 하지만, 손님의 입장에서 사장이 있어야 좀 더 믿음이 가는 것도 사실이다.

덕분에 매일같이 감시를 할 수는 없었다.

감시를 하는 의미도 없이 요즘 제프는 굉장히 몸을 사리는 느낌이었다. 집으로 가는 것도 여러 강사들과 같이 가다 보니 급습할 틈이 없었다.

그 외에는 다른 사람을 만나는 것도 볼 수가 없었다.

일전에 트레이닝복의 청년을 상두가 손봐준 게 문제가 된 것 같았다. 하지만 끈질기게 기다리면 기회는 올 것이다.

그리고 드디어 그 기회는 찾아왔다.

제프는 오늘은 무슨 일인지 혼자서 이동하고 있었다.

아무래도 너무 얌전하게 있으려니 좀이 쑤시는 모양이었다.

제프가 향하는 곳은 클럽이었다.

역시나 이곳에서 장사를 하려는 것인가 싶었다.

'중간책이라면 이렇게 나서지 않아도 약을 팔 수 있을 텐데……'

아무래도 오랜만에 몸을 풀려는 의도인 것 같았다. 몸도 풀고 아랫도리 회포도 좀 풀어야 할 터다.

역시 예상대로 그는 클럽에서 어울려 춤만 추고 있었다. 하지만 그 모습이 상두가 보기에 꽤나 역겨웠다.

그의 주변으로 많은 한국 여자들이 모여 들었다. 마치 발정난 암캐 같은 모습이었다.

그녀들은 백인이라면 상관이 없었다. 어떠한 사람이든 상관이 없었다.

백인과 사귄다는 우월감 그녀들은 그것만이 필요했다.

'역겹군……'

상두는 욕지기가 올라오는 것만 같았다.

제프는 한참 춤을 추고는 소변이 마려운지 화장실로 향했다.

상두는 그때를 기회로 삼고 그의 뒤를 쫓았다.

화장실에는 다행히 아무도 없었다.

상두는 조심스레 화장실 문을 잠구었다.

상두는 지퍼를 내리고 볼일을 보는 제프의 뒤로 다가가 팔을 꺾고 머리채를 휘어잡았다.

"잡았다."

그는 그대로 제프의 머리를 소변기에 내려쳤다.

"크윽……!"

이마에서 피가 팍하고 튀고 강한 충격에 그는 휘청거렸다. 하지만 상두는 그가 기절할 정도로 하지는 않았다.

"네가 약 파는 중간책이냐?"

"I can't speak korean……."

상두의 물음에 제프는 한국말을 모른다는 제스쳐를 취했다.

하지만 그것을 믿을 상두가 아니었다. 이미 제프에 대해서 조사를 좀 하고 왔다.

"한국말 좀 한다고 들었는데? 한국말이 기억나게 해줄까?"

상두는 계속해서 그의 머리를 변기에 내려쳤다. 고통이 심한지 이제 그는 저항도 하지 못했다.

이대로는 죽을 것 같았다.

"이건 안 되겠다."

상두는 방법을 바꾸었다.

칸막이의 문을 활짝 열고 그는 양변기로 향했다.

그대로 머리채를 잡고 양변기에 머리를 처넣을 태세였다.

"오우~ 노노노노!"

제프는 계속해서 손사래쳤지만 멈출 상두가 아니었다.

"내가 한국말하라고 했지……?"

그대로 양변기에 얼굴을 처넣었다.

"오우~ 노오오오오오!"

제프는 꾸르륵 소리를 내며 괴로워했다. 몸부림도 쳤지만 상두를 당해낼 재간이 없었다.

이십 초 정도가 지나자 상두는 변기에서 제프의 얼굴을 빼 주었다.

"어푸… 어푸…….."

제프는 변기의 물을 먹는지 안 먹는지 상관도 하지 않고 숨을 몰아쉬었다.

"이제 한국말이 기억나시는가?"

"오우… 나 한국말… 초큼만 해요."

"그래, 알았다. 네놈한테 약을 대주는 놈이 누구야? 네놈처럼 양놈이냐?"

"나, 나는 외쿡에서 약을 사오는 사람에케서 조금 얻은 것뿐이에요우. 나도 여기서 허락받고 창사 하는 커에요우."

"허락?"

상두는 의아했다.

이곳에서 장사를 할 수 있게 누군가가 뒤를 봐준다는 이야기인가?

그렇다면 그 사람을 알아내서 뿌리를 뽑아야 한다.

아무래도 이쪽의 유력한 보스나 클럽의 주인이 아닐까 싶었다.

"그 사람이 누구야? 말해⋯⋯!"

상두의 물음에 그는 고개를 흔들었다. 겁에 잔뜩 질린 모습이었다.

"말하믄⋯ 나 축어요."

"대신 내가 죽여주지⋯⋯!"

상두는 다시금 변기에 얼굴을 처넣으려 밀어냈다.

"오우, 노노노노노노! 말할게요. 말하면 되잖아요."

"누구야⋯⋯."

"이름은 몰라요. 크 사람⋯ 음⋯ 일름이⋯ 보다⋯ 고대파 보스라고 했어요."

고대파라는 말에 상두는 눈을 크게 떴다.

고대파의 보스라면 박경파가 아닌가! 믿을 수가 없었다. 아니 믿겨지지가 않았다.

"믿을 수 없어!"

상두가 다시 변기에 그를 처넣었다.

"거짓말이야, 거짓말!"

그는 제프의 머리를 양변기에 넣었다가 빼다를 반복했다.

거짓말이라고 생각했다. 상두에게서 벗어나기 위해 이곳

의 유력한 보스의 이름을 대는 것일 테다.

상두는 그렇게 굳게 믿었다.

제프가 빠져 나오자 울먹거리며 말했다.

"나… 드러그를 팔지만… 거지마른… 잘 안해요우……. 정말 고대파 보스란 말이에요……."

아무리 봐도 제프는 거짓말을 하는 것 같지는 않았다. 죽을지도 모르는 상황에서 거짓을 말하겠는가.

"제기랄……."

상두는 그의 머리를 변기에 강하게 내리쳐 기절시켰다.

죽이지는 않았다. 이런 놈은 죽일 가치도 없었다.

밖으로 나온 상두는 혼란에 빠졌다.

'정말 회장님이…….'

믿을 수가 없었다. 아무리 조직폭력배의 두목이라도 해도 그래도 낭만이 남아 있는 조폭이라고 생각했다.

하지만 생각과는 완전히 달랐다. 그 역시 어쩔 수 없는 조폭이었던 것이다.

하지만 확실히 알아봐야 한다.

그는 박경파의 사무실에 연락도 없이 향했다.

상두는 한숨을 내쉬었다.

돈이면 다 되는 세상에서 그만은 돈에 휘둘리는 그런 사람이 아닐 거라고 혼자서 덜컥 믿어 버렸다.

그 역시 속물인 것을…….

*　　　*　　　*

사무실에 도착했을 때 박경파는 여느 때와 같이 반갑게 그를 맞이했다.

"여어~!"

하지만 상두의 인상은 그리 좋지가 않았다.

"말도 없이 무슨 일인가?"

상두는 한참이 말이 없었다. 박경파는 무언가 답답한 것이 있는지 담배를 입에 물었다.

"왜 그러셨어요?"

상두의 물음에 라이터를 켜는 박경파의 손이 움찔했다. 어떤 의미의 말인지 알아차린 것이 분명해 보였다.

"돈 때문이지."

그의 눈이 차갑다.

상두의 얼굴에는 그늘이 졌다. 박경파의 저 차가운 얼굴은 한 번도 본 적이 없는 얼굴이었다.

"역시 그거였군요. 돈……."

박경파는 담배를 재떨이에 부벼 껐다.

"아니, 그것보다 더 큰 것 때문이지."

"뭐죠?"

"권력… 때문이지. 국회의원 공천을 받으려면 꽤나 많은 자금이 필요하네. 그것을 모으려면 어쩔 수 없었어. 마약으로 벌어들이는 돈에 일부를 상납받았고, 창녀촌도 열었어."

상두는 눈살을 찌푸렸다. 그는 마약과 여자로 돈을 버는 그런 사람이 아니었다.

"당신은 정말 그 정도밖에 안되는 사람이었습니까?"

박경파는 다시 담배를 입에 물고 읊조렸다.

"그 정도밖에? 권력을 탐하는 것은 누구나 마찬가지야. 난 그것을 잡을 기회가 왔고 그것을 잡은 것뿐이네."

박경파는 눈을 감았다. 이건에 대해서는 다시는 이야기하고 싶지는 않았던 것이다.

"자네의 아버지 일은 미안하게 됐네. 자네 아버지까지 걸릴 줄은 몰랐어."

"됐습니다."

상두는 뒤돌아서 문으로 향했다. 더 이상 박경파를 보고 싶지 않았다.

"당신과 나는 이제 끝입니다. 당신은 마약을 용인하지만 저는 용인할 수 없습니다."

"걸리적거리지만 말게……."

"글쎄요……?"

상두는 그렇게 말하고 박경파를 노려보았다.

박경파는 헛웃음을 보였다. 아무래도 상두가 쉽사리 포기할 것 같지는 않았다.

상두는 그렇게 밖으로 나갔다.

"네놈은 아직 세상을 몰라……."

그는 다시 담배를 입에 물었다.

"너무 물러… 너무……. 예전의 나처럼……."

박경파는 한숨 같은 담배 연기를 내뿜었다.

마침 그의 탁자에 전화가 울렸다. 내선이었다.

박경파는 전화를 들어 받았다.

"아아……. 그런가? 들어오라고 해."

그가 전화를 끊자 누군가가 들어왔다. 그는 바로 이동민이었다.

"오오, 오랜만이군."

박경파가 먼저 악수를 청했다. 아들뻘 밖에 되지 않는 자였지만 그가 동민에게 이렇게 저자세인 데에는 이유가 있었다.

"할아버지의 말씀을 전해 드리러 왔습니다."

박경파는 눈을 크게 떴다. 바로 이것이 동민에게 저자세를 보일 수밖에 없는 것이었다.

"어르신은 강건하시고?"

"네, 너무 강건해서 탈이죠."

이동민의 조부인 이성만 회장.

그는 돈이 될 만한 일이라면 살인도 마다하지 않는 인물이었다.

그렇게 우리나라에서 현금 동원력이 상당한 수준까지 오를 수 있었다.

덕분에 주변으로 좋지 않은 인물들이 꽤나 모여 있다.

위로는 정치계, 아래로는 조직폭력배 등…….

그렇게 넓은 인맥으로 인해 이미 정치계의 보이지 않는 큰손 중에 하나로 일컬어지고 있는 것도 사실이었다.

게다가 아직도 돈 욕심은 줄어들지 않아 그에게 돈다발을 싸들고 와서 바쳐서 공천을 얻는 경우도 허다했다.

그래서 박경파도 욕심이 났다. 그와 연줄이 닿는다면 그것은 곧 바로 국회의원에 오늘 수 있다는 말이었다.

"돈은 그래 많이 모으셨습니까?"

동민은 거만한 자세로 소파에 앉아 물었다.

박경파는 잠시 인상을 찌푸렸지만 이내 웃는 모습으로 대답했다.

"어느 정도."

"돈만 모은다고 할아버지와 만날 수 있는 게 아닙니다. 만난다고 해서 또 정계에 진출할 수 있는 것도 아니죠. 할아버지의 마음에 드셔야 합니다. 그래서 부탁이 있습니다."

"부탁?"

"네 부탁. 빠른 시일 내에 알려 드릴 겁니다. 잘 해결만 하면 할아버지께 말씀 제대로 해드리지요."

동민은 그렇게 자리에서 일어나 돌아갔다.

그가 돌아가고 박경파는 한참동안 아무 말도 없었다.

담배를 모두 다 빨아 당기고 그는 재떨이에 부벼 끄며 욕지기와 같은 말을 내뱉었다.

"더러운 놈… 건방진 놈……."

아들뻘인 그의 비위를 맞추는 것이 더럽게 느껴진 탓이었다.

하지만 어쩔 수 없었다. 언제까지 이렇게 조직의 보스로서 살아갈 수는 없었다.

말이 좋아 조직의 보스지, 언젠가 밀려나 퇴물이 되면 인생 말년 좋지 않은 생활을 하게 될지도 모른다.

주먹에 의한 군림은 그러하다.

하지만 정치권력은 다르다. 그러니 권력을 잡아야 한다. 그래야 더러운 꼴 안 보고 떳떳하게 살아갈 수 있을 것이다.

'주먹보다 강한 것은 돈이고 돈보다 강한 것은 권력이다.'

그것은 그가 조직에 발 들이고 난 뒤 뼈저리게 느낀 한 가지 교훈이다.

CHAPTER **04**
쓴맛

상두는 박경파와 끝이 났다.

더 이상 박경파는 상두와 만나는 일이 없었다.

상두도 박경파도 이제는 서로를 찾지 않기 때문이다.

가끔 박강석이 상두를 보러 오지만 상두가 그를 돌려보냈다.

강석은 상두와의 관계를 깨고 싶지 않은 것이었다.

하지만 상두는 누구라도 박경파와 관계된 사람과는 함께하고 싶지 않았던 것이다.

하지만 가장 난관이 있었다.

그것은 바로 수민과의 관계 정리였다.

박경파와 이렇게 된 마당에 도저히 그녀와의 사이는 진전시킬 수가 없었다.

상두는 며칠간 그녀에게 연락을 하지 않았다.

도무지 연락을 할 엄두가 나지 않았다. 그녀가 슬퍼하는 모습을 상두로선 도저히 바라볼 자신이 없었기 때문이다.

그는 용기를 내어 집 앞까지 찾아도 갔다.

하지만 그녀가 밖으로 나오는 모습에 깜짝 놀라 다시 돌아왔다.

그녀의 얼굴을 보고는 그런 말을 할 자신이 없었다.

결국은 3주가 지나자 수민에게 연락이 왔다.

―자기~ 많이 바쁜 거야?

전화기를 든 채 상두는 아무런 말을 할 수가 없었다.

―자기 왜 그래? 무슨 일 있어?

수민은 대답하지 않는 상두를 향해 물었다

상두의 가슴이 먹먹해지고 눈시울이 붉어졌다. 하지만 마음을 단단히 먹어야 한다.

"우리 헤어져……."

상두는 수민에게 이별을 통보했다.

이별 말고는 달리 방법도 없었다. 그녀는 상두의 말을 들으려 하지 않았다.

당연하다.

아무런 이유 없이 헤어지자고 하는데 어떤 이가 받아들이 겠는가.

결국은 그녀가 며칠 뒤 상두를 찾아 구미까지 왔다.

스마트폰의 경쾌한 톡의 알림음이 들렸다. 상두는 천천히 스마트폰을 확인해 보았다.

그의 손이 떨려왔다.

―근처 카페에 와 있어. 상두야 제발… 한 번만 만나줘……. 기 다릴게…….

차마 전화로 전할 수 없었지만 그녀의 글귀에는 그녀의 마 음이 구구절절하게 묻어나 있었다.

하지만 상두는 애써 무시했다. 상두는 나갈 생각도 하지 않 았다.

'수민을 볼 자신이 없어…….'

그녀를 볼 자신이 없었다.

그녀를 본다면 다시금 본다면, 그녀를 포기할 수 없을지도 모른다는 생각에… 다시 그녀를 안고 싶다는 생각에…….

얼마간의 시간이 흐르고 끝내 수민은 가게에까지 찾아와 있었다. 하지만 그녀는 들어오지도 못하고 있었다. 상두가 눈길 한번 주지 않았기 때문이다.

상두는 그녀를 볼까 봐 밖으로 나가지도 않은 채 일에 몰두했다.

사실 점원들이 많아서 할 일도 없었는데 말이다.

시간은 더디게 흘렀다. 일 년이 훌쩍 지난 것 같은 한나절이 지났다.

상두는 밖을 쳐다보았다. 다행히 수민이 보이지 않았다. 기다리다 지쳐 떠난 것이었다.

상두는 가슴을 쓸어내렸다.

다시 시간이 흘러 가게의 마감 시간이 되었다.

점원들은 모든 것을 마감하고 속속 퇴근했다.

그들은 나가면서 수군거렸다. 상두는 왜 그들이 웅성거리는지 감이 왔다.

"설마……."

상두는 서둘러 가게를 정리한 뒤 불을 모두 끄고 밖으로 나갔다.

"역시……."

그녀가 가게 문 옆에 쭈그리고 앉아 있었다. 상두가 나오자 그는 고개를 들어 그를 바라보았다.

마스카라가 모두 번져 있었다. 하루 종일 울고 있었던 것이다.

상두의 가슴이 울컥하고 내려앉았다. 하지만 티를 내지 않으려 이를 꽉 물었다.

"상두야……."

그녀는 상두를 보고 배시시 웃었다.

"오지 말라고 했잖아."

상두의 차가운 말.

그 말은 그녀의 가슴에 차가운 유리 조각이 되어 박혔다. 덕분에 그녀는 말이 없었다. 물끄러미 상두를 바라볼 뿐이었다.

"우리는 끝이야."

이어진 상두의 말에 그녀는 고개를 끄덕였다. 생각보다 쉽게 이별을 받아들였다.

어쩌면 그녀 역시 상두가 왜 이러는지를 어렴풋하게 알고 있는지도 모른다.

깡패 아버지를 둔 여성을 그 누가 쉽게 받아들일 수 있을까.

"마지막으로 보고 싶었어."

그녀는 그렇게 말하고 웃고 있었다.

많이 변해 있었다. 늘 여리던 여고생 박수민은 이제 없었다.

조금은 강하고 성숙해진 여성 박수민이 앞에 있었다.

상두는 조금은 안심이 되었다. 이제 떠나보내도 될 만큼 그녀는 강해졌다.

"잘가……."

상두의 말에 수민은 고개를 끄덕이며 웃었다.

그의 눈에 눈물이 맺힌 것을 상두는 발견했다. 하지만 그녀가 뒤돌아서 더 이상 볼 수가 없었다.

"잔인하구나. 이럴 때는 남자가 뒤돌아서야 하는 거야……."

상두는 말하지 않았다. 그저 떨리는 그녀의 등을 바라볼 수밖에 없었다.

그녀는 상두의 시야에서 멀어졌다.

"홀가분하다."

상두는 그렇게 생각했다. 하지만 그의 가슴 한쪽 구석이 아려왔다.

"난 아프지 않아."

상두는 그렇게 되뇌었다. 하지만 그의 말과는 달리 가슴은 계속해서 아파왔다.

처음이다.

이렇게 가슴이 아리고 시린 것은…….

이십대 초반의 풋사랑이 아닌 삼십대 영혼의 풋사랑…….

우습게도 그렇게 가슴을 후벼 파며 지나갔다.

강철심장이라고 생각했건만.

수천의 군사 앞에서 떨리지 않는 강철심장이었건만…….

"그래, 웃는 거야……."

상두는 그렇게 말하고 다시 가게로 돌아갔다. 돌아가는 그의 두 눈에는 굵은 눈물이 줄기되어 흘렀다.

*   *   *

사업은 순조로웠다.

프랜차이즈 관련 매출도 상승 가도였다.

덕분에 회사의 주식을 꽤나 보유한 대주주가 될 수가 있었다.

김재원이 없었다면 가능할까 싶은 성과였다.

상두는 재원에게 성과급을 더 올려주고 싶었지만 그는 한사코 거절했다.

어찌되었든 늘어나는 매출 덕분에 상두는 여러 군데에 강연까지 나갈 수 있게 되었다.

강연을 갈 때마다 그의 말솜씨에 모두들 감화되어 갔다.

아버지도 역시 재활훈련을 제대로 받고 있어서 조금씩 호전되고 있다는 소식이 들려왔다.

그는 어떻게든 집으로 돌아오기 위해 노력에 노력을 거듭한 것이다.

상두는 생각했다.

늘 이렇게만 풀린다면 세상사는 것도 재미있을 거라고……

하지만 가슴 한구석에서 찌르는 이별은 아픔은 다시금 그를 한숨 쉬게 만들었다.

'이것 또한 지나간다.'

그렇다.

시간이 약이었다. 시간이 흐르면 자연스레 마음의 상처는 치유되는 것이다.

그렇게 상두는 사업만 하는 것이 아니었다.

밤이면 이곳저곳을 다니며 마약을 판매하는 자들을 단죄했다.

박경파의 고대파를 정리하는 편이 훨씬 더 근절하기 쉬웠지만 그에게 받은 도움 덕분에 사업을 성공할 수가 있었다.

그런 점을 간과할 수는 없었다. 이렇게 상납금을 내는 자들을 처단하게 되면 분명히 이 사업에 손을 뗄 것이다.

하지만 그렇다고 해서 박경파의 심기를 건드리지 않는 것은 아니었다.

자꾸만 돈이 들어올 돈줄을 막아버리니 신경 쓰일 수밖에 없었다.

보통의 존재라면 조직원들을 풀어 단죄하면 되지만 상두

가 그런 것에 당할 위인이었던가.

게다가 박경파 역시 상두에게 많은 도움을 받은 것이 사실이었다. 서로 복잡한 감정이 얽혀 있는 것이다.

그 얽힌 감정을 풀기 위한 사자일까?

"여어, 애송이~!"

박강석이 다시금 상두의 가게로 왔다.

상두는 박강석을 무시하려고 했지만 지금의 분위기가 심상치 않아 밖에서 그를 만났다.

두 사람은 가까운 카페로 향했다.

"왜 회장님을 방해하는 거냐."

박강석이 먼저 입을 열었다.

"회장님을 방해하는 것이 아니라 이 지역을 곪아터지게 만드는 마약을 근절하려는 것뿐입니다."

상두의 말에 강석은 한숨을 내쉬었다.

"우리가 마약을 팔지 않는다고 해서 마약이 근절되나?"

"그렇다고 보고만 있을 수는 없습니다."

상두는 강석의 기세에 밀리지 않았다.

아니, 밀리고 싶지 않았다. 어찌 됐든 간에 마약은 좋지 않다.

"더 이상 회장님의 심기를 건드리지 말았으면 좋겠다."

"당신들 같은 조폭 몇 트럭이 와도 흔들리지 않습니다. 내

성격 당신도 잘 알 텐데요."

상두의 말에 강석은 훗 하고 웃음을 보였다. 그의 실력과 성격은 그도 잘 알고 있었다.

하지만 박경파와 상두가 적이 되는 것을 그는 바라지 않는 것 같았다.

"네 녀석의 실력과 성격 잘 알고 있지. 그렇기 때문에 부탁하는 거야. 회장님과 부딪쳐 봤자 다치는 건 네 녀석일 테니까."

"계속 이야기를 해봤자 평행선만 달릴 것 같군요. 먼저 일어나 보겠습니다."

상두가 자리에서 일어났다. 박강석은 한숨을 내쉬더니 물었다.

"그러고 보니 왜 나한테 존대를 하는 거냐?"

"우리는 더 이상 친할 수 없으니까요."

"그런가……?"

상두의 대답에 그는 씁쓸한 웃음을 보였다. 선을 그었다. 넘어오지 말라는 것이다.

*　　　*　　　*

아침부터 상두의 식당에 많은 무리의 인원이 앉아 있었다.

하지만 이들은 손님들이 아니었다. 덕분에 손님들은 가게에 들어올 생각도 하지 못하고 있는 상황이었다.

이들 중에는 상두의 눈에도 익은 사람들이 있었다.

이들은 박경파의 부하들이었다.

"도대체 왜 이러는 겁니까?"

상두는 화가 났다.

이들 때문에 장사를 제대로 할 수가 없었다.

아무리 인기 있는 맛집이라고는 하지만 이런 덩치들이 모여 있으면 소문도 좋지 않게 난다.

그렇게 되면 사업에 치명적인 타격을 입을 수도 있었다.

"당신들 회장이 이렇게 시키던가?"

상두의 물음에 그들은 대답하지 않았다.

그들은 그저 묵묵히 앉아만 있었다. 상두는 도저히 참을 수가 없었는지 전화기에 손을 가져갔다.

주먹으로 해결하기보다는 역시 공권력의 도움이 필요했다.

"더 이상 못 참겠다. 경찰에 신고하기 전에 돌아가라."

그러자 인원 중 하나가 상두의 손을 잡았다.

"이거 왜 이러시나? 경찰에 전화해 봤자 소용이 없을 텐데. 어차피 짭새들은 우리 회장님 하고 형님동생 하는 사이야."

"이 손 치워라……."

상두의 눈이 번뜩인다.

그의 몸에서 이글이글 아지랑이도 피어오르는 것 같았다.

"못 치우겠다면? 폭행이라도 해 보이시겠나?"

그의 비아냥거림에 상두는 그를 강하게 노려보았다.

"왜? 못할 것 같나······!"

상두의 기세에 눌린 그는 그대로 넘어졌다. 상두는 그에게 다가갔다.

금방이라도 그를 내려칠 기세였다.

"박상두!"

하지만 어머니의 목소리에 정신을 찾은 상두였다.

"함부로 주먹을 휘두르지 말거라."

어머니의 말에 상두는 뒤로 물러날 수밖에 없었다.

주먹을 휘두른다고 달라질 것은 없었다. 아니, 더 악화만 될 것이 분명했다. 하지만 참기 힘들었다.

상두는 주먹에 피가 나도록 꼭 쥐었다.

갑자기 조폭들이 우르르 일어섰다. 입구에서 누군가가 들어섰기 때문이었다.

그는 박경파였다.

"여어~ 오랜만이군, 상두 군."

박경파의 반가운 인사에 상두는 화답도 하지 않고 노려보았다.

그가 이렇게까지 비열하게 나올 줄은 꿈에도 몰랐던 것이다.

"어른을 봤는데 인사도 하지 않나?"

박경파도 그리 좋지 않은 심기를 드러내며, 의자를 당겨와 앉았다.

조금씩 압박해서 돈줄을 끊어가고 있으니 상두가 달가울 리가 없었다.

아무리 박경파를 높게 평가하고 있다고 해도 이건 아니었다.

"오랜만이군요. 부하들을 대동하고 이곳에는 무슨 일입니까?"

"채권추심."

상두는 헛웃음을 보였다. 이미 그에게 진 빚은 다 갚았다.

"지금 무슨 소리신지? 사채꾼 흉내라도 내십니까? 회장님 빚은 다 갚았을 텐데요."

그의 말에 박경파는 고개를 절레절레 흔든다.

"그 빚이 아니다."

"그렇다면?"

"네 아버지의 빚이지."

상두는 의아했다. 아버지의 빚이 있다는 소리는 듣지 못하고 있었다.

물론 있다고 해도 그것은 아버지의 빚이지, 그의 빚이 아니었다.

"보증 선 것 하고, 또 대출받은 것까지 합치니 대략 10억이 넘더군."

박경파의 말에 상두는 뒤로 넘어갈 뻔했다.

10억이라니!

"그 빚을 왜 당신이 추심하는 겁니까!"

"의뢰를 받았으니까."

상두는 헛웃음을 보였다. 트집을 잡을 것이 없으니 이런 것으로 잡는 것인가 싶었다.

"이제 이따위 양아치들이나 하는 짓거리까지 하시는 겁니까?"

"양아치 짓거리라……. 양아치 짓거리도 단체로 하면 양아치가 아니게 되지."

박경파의 말에 상두는 씁쓸한 인상을 지었다.

이 세상은 단체를 지어 움직이면 잘못된 것도 잘못된 것이 아니게 될 수도 있었다. 그것이 바로 단체의 힘이었다.

"어차피 상속포기를 한다면 상관없습니다. 그런 아버지에게는 받을 것도 없으니까."

"하지만 그때까지 채권추심은 계속되지."

박경파의 말에 상두의 이마에서 한줄기 땀이 흘렀다.

이대로 채권추심이 계속된다면 장사에 큰 문제가 생길 것이다.

상두의 손에서 분노의 아지랑이가 이글이글 뿜어져 나왔다. 조금만 봐도 느껴질 정도였다.

하지만 상두는 조금씩 분노를 삭일 수밖에 없었다. 주먹으로는 해결될 수가 없다.

"제가 만약… 마약장이들 사냥을 그만둔다면 채권추심을 그만두실 겁니까?"

상두의 말에 박경파는 고개를 가로로 저었다. 이미 그것과는 성질이 많이 다른 일이었다.

"아니, 이제 그럴 수 없게 되었어. 우리의 고용주께서는 어떠한 일이 있어도 채권추심을 멈추지 말라고 하거든."

박경파는 자리에서 일어났다.

"이만 돌아가지. 하지만 오늘은 맛보기야. 빨리 돈을 제대로 갚지 않으면 하루 종일 애들을 풀어놓을 거다."

그는 그렇게 말을 남기고 밖으로 나갔다.

그러자 가게 안을 가득 메웠던 박경파의 부하들도 우르르 밖으로 나갔다.

밖에는 박강석이 서 있었다.

그는 아무래도 상두 볼 면목이 없어서 안으로 들어갈 수가 없었던 것이었다.

"치졸하십니다."

강석의 말에 박경파는 웃음을 보이며 말을 이었다.

"치졸할 수밖에. 자네라면 권력을 쥘 수 있는 기회가 왔는데 놓치고 싶겠나?"

"하지만 그딴 애송이의 말을 믿으시는 겁니까?"

"아… 내가 말하지 않았군."

"뭘 말입니까?"

강석의 물음에 박경파의 눈빛이 빛났다.

"어르신을 만났네. 애송이의 말을 믿을 수밖에 없게 되었어."

박경파는 그렇게 말을 남기고 세단에 몸을 실었다.

남은 박강석은 상두의 가게를 바라보며 큰 한숨을 내쉬었다.

＊　　　＊　　　＊

상두는 가게 문을 닫아놓고 법무사로 향했다.

그곳에서 상속포기에 대한 여러 가지 이야기를 나눴다. 필요한 서류나 절차 등의 이야기를 들었다.

절차는 생각보다 복잡하지 않았지만 시일이 조금 걸리는 것 같았다.

게다가 불법 채권추심도 금융감독원에 신고를 하면 도와준다는 이야기를 들었다.

이제 그 지긋지긋한 덩어리들에게서 해방될 수 있었다.

법무사에서 일을 다 마친 상두는 가게로 향했다. 문을 닫아놓고는 있지만 동태를 살펴야 했다.

며칠 째인지 모른다.

박경파의 수하들은 계속해서 가게의 문 앞에 진을 치고 있었다. 영업을 아예 하지 못하게 할 생각인 것 같았다.

경찰에도 신고도 해봤지만 찾아오는 경찰들은 대부분 박경파의 사람이었다. 그들은 수하들에게 조금의 주의만 줄 뿐이었다.

"하지만 이게 제대로 풀리면 다시는 못 오겠지."

상두는 서류를 들어 보며 웃음 지었다.

이 세상은 역시 주먹으로 해결할 것이 아니었다.

법이라는 것을 잘 이용하면 피해를 입지 않고 살아갈 수가 있었다.

"아니……!"

하지만 그의 핑크빛 미래는 갑자기 어두워졌다.

가게 앞에 도착했을 때 우당탕 거리는 소리가 들려왔다. 가게 문이 열려 있었고 박경파의 수하들이 지금 난동을 부리고 있는 것이었다.

"제기랄! 가게 문 열지 말라니까!"

어머니가 고집을 부리고 가게문을 열었던 것이다. 상두는 빠르게 가게를 향해 달려갔다.

"그만둬!"

상두가 들어오자 그들은 행동을 멈추었다.

"아아… 사장이 오셨군. 10억은 만들어서 가지고 오셨나?"

그들의 징그러운 목소리에 상두는 대답했다.

"금융감독원에 신고했다. 이제 불법적인 채권추심은 못할 거다!"

"그래서?"

하지만 그들은 상두의 말에도 신경 쓰지 않았다.

인생을 막나가는 이들이다. 그들이 그런 위협에 겁을 먹을 리가 없었다.

상두가 왔는데도 다시 난동이 시작되었다.

"이것들이!"

상두는 그들과 실랑이를 벌였다. 하지만 폭력은 행사하지 않았다. 문제를 크게 만들고 싶지 않은 것이다.

지켜보던 어머니도 합세를 했다. 하지만 그녀는 나서지 말았어야 했다.

"비켜, 이 아줌마야!"

그녀가 밀쳐서 넘어졌다. 하지만 머리를 부딪쳤는지 잠시 눈을 감았다.

"어, 어머니……!"

상두는 눈을 크게 떴다. 그녀를 흔들었다.

다행히 그녀는 정신을 차렸다. 하지만 고통스러운지 아직
제대로 정신을 다잡지는 못했다.

"네놈들은 어머니도 없느냐!"

더 이상 참을 수가 없었다.

벌떡 일어나 한 놈의 멱살을 잡았다.

그러고는 강하게 주먹을 날렸다.

콰광 하는 소리와 함께 멱살을 잡혔던 그는 튕겨져 바닥에
너부러졌다. 그만큼 엄청난 파워였다.

모두들 눈을 크게 뜨며 부수던 조폭들이 눈을 크게 뜨며 행
동을 멈추었다. 잠시간 정적이 흘렀지만 이윽고 동료를 살피
러 다가갔다.

"기, 기절 했어……."

한 방에 턱뼈가 부서져 기절했다. 모두들 경악할 정도였
다.

그새 경찰들이 몰려왔다.

함정이었다.

상두가 이렇게 주먹을 날리기까지 기다렸던 것이다. 상두
는 아차 싶었다. 그는 예외없이 근처 지구대로 향할 수밖에

없었다.

　그렇게 상두는 경찰서로 넘겨졌다.

　아무래도 상대가 꽤나 다쳤고 아직 의식을 차리지 못하고 있으니 어쩔 수가 없었다.

　하지만 조금의 취조를 끝내고 일단은 집으로 향했다.

　상대가 많이 다치기는 했지만, 증거인멸을 할 것도 없었고, 도주의 우려도 없다고 판단되어 상두는 불구속 입건이 되었다.

　합의만 잘되면 크게 문제가 될 것 같지는 않았다.

　하지만 문제는 역시나 합의.

　피해자의 가족들은 절대로 합의 못해주겠다고 난리를 부렸다.

　"죄송합니다… 죄송합니다……."

　어머니는 피해자 가족들에게 연신 고개를 숙이며 죄송하다고 했다.

　채권추심을 하다가 빚어진 사건인데 어머니가 먼저 사과를 하고 있으니 상두는 답답하고 또 답답했다.

　하지만 그 역시 고개를 숙이고 합의를 요청할 수밖에 없었다.

　돈을 많이 쳐준다고 해도 그들은 싫다고 했다.

상태가 호전되고 있고, 수술만 잘 마치면 일상생활에도 지장이 없다고 했다.

그런데도 큰돈을 준다고 해도 합의는 없다고 한다.

도무지 이유를 알 수가 없었다.

상두는 답답한 가슴을 안고 떠날 수밖에 없었다.

저렇게 합의를 안 하면 잘못하면 실형을 살 수도 있었다. 그만큼 피해자가 많이 다쳤다.

상태가 거의 교통 상해 수준이었다.

상두는 가게로 향했다.

분위기가 분위기인지라 채권추심을 하는 자들은 없었다. 황량한 분위기에 셔터가 내려진 가게는 상두의 가슴을 아프게 만들었다.

"도대체……."

갑자기 급격하게 일이 만들어지고 있었다.

일이 벌어지는 것이 아니라 진정으로 만들어진 것 같았다. 마치 퍼즐이 점점 맞춰지는 것처럼 일이 벌어지니 답답할 노릇이었다.

도대체 왜 이런 일이 벌어진 것일까?

그는 열심히 살기 위해 노력한 것뿐이었다.

그런 노력을 방해한 그들은 왜 처벌을 받지 않는 것인가?

상두는 이런 부조리한 상황에 머리가 아파왔다.

"여어~!"

상두는 당황했다.

"오랜만이야, 친구."

이동민이었다.

그가 찾아와 연신 싱글벙글 웃고 있었다.

가뜩이나 기분이 좋지 않은 상황인데 그는 무슨 좋은 일이 있다고 싱글거리는지 이해가 되지 않았다.

"무슨 일이야? 여기는 어떻게 알고?"

"박경파 씨게 물었지."

박경파라는 말에 상두는 눈쌀을 찌푸렸다. 그리고 경계했다.

"네가 그 사람은 어떻게 알아?"

"내가 고용주거든."

고용주…….

그렇다는 것은 박경파에게 의뢰했다는 그가 바로 이동민!

"너희 아버지가 돈을 많이 쓰셨더군. 보증도 섰고……. 왜 있잖아, 네 어버지와 도망갔던 그 아줌마 있지? 그 아줌마 보증도 섰고, 그 여자가 너희 아버지 이름으로 돈도 빌렸더라고. 대략 10억이야, 10억. 그 채권을 내가 다 샀지, 크크크……."

"빌어먹을 놈……! 왜 나한테 이러는 거냐!"

"너는 나에게 모욕감을 주었으니까. 20년 넘게 살면서 그런 모욕감은 처음이었어."

상두는 황당해서 말이 다 나오지 않았다.

고작 그 이유 때문이라고?

자신을 망신 주었다는 그 이유로 한 집안을 풍비박산으로 만드는 것인가?

"그게 말이 돼, 이 미친놈아!"

"너 같은 하등한 평민이 나를 엿 먹였잖아. 당연히 모욕감이 들 수밖에."

"뭐, 이 자식아!"

상두는 크게 노하며 주먹을 들었다.

이런 사람들은 대륙에서도 많이 봤다.

꼴 같지 않은 조그마한 힘을 가지고 있으면 남 위에 군림하려고 든다.

이 세상도 대륙과 크게 다르지는 않았다.

"어? 또 사람 치려고? 나까지 때리면 가중처벌 받는 거 몰라?"

상두는 동민의 말에 주먹을 아래로 내렸다. 그의 맞았다. 더 크게 일을 번지게 할 수는 없는 노릇이다.

"후후……."

상두는 헛웃음이 나왔다.

그의 강한 주먹이 이 세계에서는 전혀 쓸모가 없었다.

피스트 마스터라는 자존심이 이곳에서는 통용되지 않았다.

"빨리 끝내고 싶지? 그럼 합의를 봐야 할 텐데 말이야. 근데 그 사람 너무 완강하던데."

"무슨 소리냐."

"내가 합의를 보게 할 수도 있다는 말이야. 대신 네놈이 가지고 있는 프랜차이즈 권리를 모두 나에게 양도한다면 합의도 도와주고 빚도 없던 것으로 해주마. 특별히 너의 그 원조라고 하는 이 가게는 남겨두마."

"어림도 없는 소리마라! 그게 가능할 것 같으냐? 아버지의 빚 때문에 내 재산을 함부로 네놈이 어떻게 할 수 있을 것 같아?"

상두의 말에 이동민은 비소를 보이며 말을 이었다.

"세상물정을 모르는구나. 아버지의 빚을 갚기 위해 네 재산을 내놓는 게 아니야. 말했잖아? 너의 합의 때문에 그러는 거야."

"무슨 소리냐!"

"프랜차이즈 권리를 나에게 넘기면 난 네가 합의를 할 수 있게 힘을 써주고 덤으로 아버지의 빚까지 탕감해 준다는 이야기야."

상두는 기가 막혔다.

결국은 같은 뜻이지만 그렇게 함으로 인해서 법적으로 빚어지는 분쟁을 막아내자는 것이었다.

"잘 생각하는 게 좋을 거야. 여기서 합의 안 보고 썩어서 프랜차이즈고 뭐고 가게까지 다 날려 먹느냐, 아니면 프랜차이즈 권리를 넘겨서 하루빨리 이곳에서 나가느냐. 어머니 혼자서는 그 모든 재산을 지키기 힘들걸? 하나 정도는 포기하면 되는 거야."

그의 말이 틀리지 않았다.

욕심을 부리고 쥐고 있는 것들을 놓지 않으려면 모든 것을 잃을 수 있다. 이럴 때는 한 가지라도 쥐고 있는 것이 더 중요할지도 모른다.

"한번 깊게 생각해봐."

그는 그렇게 멀어졌다. 상두는 갑자기 휘몰아친 상황에 정신이 없었다.

그때에 동민에게 전화가 왔다.

"아, 그렇습니까? 아주 잘되었네요."

전화 통화를 하면서도 그는 상두를 보며 비웃고 있었다.

상두는 그런 그의 모습에 씁쓸한 얼굴을 보였다.

"일이 잘 처리되고 있는 모양이야. 난 이제 가볼 테니까. 다시 한 번 말하지만 잘 생각해봐."

그는 그렇게 상두의 눈에서 멀어졌다.

*   *   *

상두는 변호사가 동참한 가운데 서류를 작성하고 있었다.

그의 맞은편에는 이동민이 거만한 자세로 앉아 있었다.

그의 얼굴에는 승리의 기쁨이 잔뜩 묻어나 있었다.

하지만 상두의 표정에서는 아무 것도 느껴지지 않았다. 그저 담담함만이 가득 있을 뿐이었다.

"이제 너의 프랜차이즈 지적재산권이나 모든 권리가 나한테로 넘어오게 되었다."

동민의 말에 상두는 고개를 끄덕였다.

그러자 옆에 있던 상두 피해자 가족들도 합의를 해주었다. 이로서 약식기소로 벌금만 맞아도 되는 상황이 되었다.

하지만 상두는 지금껏 벌어두었던 프랜차이즈 관련의 재산권을 모두 동민에게 넘어갔다.

"아버지의 빚 차용증도 줘."

상두의 말에 동민은 흔쾌히 웃으며 차용증을 써주었다.

그깟 10억 정도는 상두를 물 먹인 값으로 치면 되는 것이었다.

그렇게 모든 것이 끝나고 상두는 자리에서 일어났다.

"이제 다시는 안 봤으면 좋겠다."

"후후… 과연 그렇게 될까?"

동민은 기분 나쁜 투로 상두에게 되물었다. 하지만 상두는 그런 것 따위는 신경 쓰지 않고 밖으로 나왔다.

"다시 시작하는 거다."

모든 것이 수포로 돌아간 것은 아니었다.

떡갈비 관련한 것들을 모두 넘기기는 했지만 아직 주식도 있었고, 그간 보유한 자산도 꽤나 있었다.

그것을 잘만 이용하면 다른 사업을 일으킬 수도 있을 것이다.

상두는 마음을 굳게 먹었다. 이럴 때일수록 마음을 굳게 먹어야만 했다.

그는 김재원이 있을 사무실로 향했다.

하지만 그는 안에 없었다.

"어디 잠시 나갔나?"

하지만 이상했다. 컴퓨터 모니터는 있는데 본체가 보이지 않았다.

"뭐지……!"

당황한 상두는 캐비닛을 뒤졌다.

그 안에 있던 모든 서류들이 사라져 버리고 없었다.

"뭐야, 뭐야!"

그는 불길한 예감이 들었다.

김재원이라는 작자가 자신의 모든 자산을 들고 도주를 한 게 아닌가 하고……

상두는 모든 자신 관리를 재원에게 맡기고 있었다.

상두의 통장에 남아 있는 돈 말고는 모조리 재원에 맡겼던 것이다.

그런데 그런 모든 자료가 사라지고 없었다.

상두는 주저앉았다.

더 이상 서 있을 힘이 없었다.

상두에게 주식이 있는지 없는지 알아볼 방법도 없었다. 모든 것을 김재원에게 맡겼으니……

이상한 낌새를 느꼈는지 어머니도 상두에게로 다가와 있었다.

그가 주저앉아 있는 것을 처음본 그녀는 적잖게 당황했다.

"상두야……"

그녀는 상두의 등을 토닥여 주었다.

더 이상 말을 하지 않았다.

지금 이 순간 가장 속상한 사람은 상두일 것이다. 하지만 상두는 속상하지 않았다.

어쩌면 젊은 날에—물론 실제 나이는 더 많지만— 좋은 경험이라고 생각할 수도 있었다.

언제나 그는 절망 중에서도 다시 일어섰던 적이 한두 번이 아니었으니……

약식기소로 벌금형이 부가되었다.

하지만 그래도 감옥에서 썩지 않은 것이 어디인가. 구형을 받고 곧바로 벌금을 처리했다.

법원에서 나오는 도중에 그는 익숙한 얼굴을 마주해야 했다.

그것은 바로 동민의 얼굴이었다. 그의 뒤에는 또다시 익숙한 얼굴이 있었다. 안경을 쓰고 냉철한 모습의 김재원……!

"이 개자식!!"

상두는 김재원을 향해 달려들었다. 그리고 멱살을 거머쥐었다.

"내 돈 내놔, 이 자식아!!"

상두의 말에 그는 고개를 절레절레 흔들었다.

"저는 당신의 돈을 만진 적이 없는데 말입니다. 모두가 그저 제 돈일 뿐입니다. 모든 것이 저의 명의로 이전되었습니다. 모든 것을 깔끔하게 처리가 되었죠."

"이 자식이!!"

상두가 주먹을 들었다.

"법원에서 폭행을 하실 겁니까? 이번에는 진짜 감옥에 들어가고 싶으신 겁니까?"

상두는 주먹을 내리고 이를 바득바득 갈았다.

김재원은 사실 이동민의 의뢰를 받고 상두에게 다가간 것이다.

화려한 언변으로 상두의 어머니를 속이고 상두의 자산 관리자가 된 것이다.

계속해서 청렴한 얼굴을 보이며 감쪽같이 상두를 속인 것이었다.

"나를 속이다니……. 나를……!"

상두의 말에 기재원은 픗하는 웃을 보이며 대답했다.

"난 당신을 속인 적 없습니다. 당신이 나를 너무 믿은 것뿐이죠. 하하하!"

김재원의 비웃음 섞인 말에 그는 미칠 듯한 화가 치밀어 올랐다.

하지만 어떻게 할 수가 없었다. 이 세상은 주먹이 통하는 세상이 아니니…….

상두는 며칠을 이리저리 알아보았다.

이리 알아보고 저리 알아보아도 김재원의 솜씨는 감쪽같았다.

김재원의 재산만 있지, 상두의 재산은 없었던 것이다.

분명히 주식 거래나 여러 가지 선물 거래를 한 명의는 바로 자신이었는데 김재원이 사라지기 바로 하루 전까지만 해도 그의 것이었는데 어떻게 모든 것을 그의 자산으로 옮겼는지 도통 알 수가 없었다.

상두는 그저 망연자실할 뿐이었다.

그는 잠시 근처의 산에 올랐다.

이대로 있다가는 그의 머리가 터지든지 가슴이 터지든지 둘 중 하나는 될 것 같았다.

지금까지 많은 일들을 겪었으니 정신적으로 쉼이 필요로 했다.

아무리 강철심장이라도 쉴 때는 쉬어주어야 한다.

어머니가 장사를 다시 시작하기 위해 가게에 나가 계신 것이 마음에 좀 걸렸지만 그래도 어쩌겠는가.

가슴이 답답함이 이제는 조금은 풀리는 것 같았다.

도시라는 곳에 갇혀서 제대로 된 자연을 느끼지 못한 탓이었다.

"다시 시작하는 것이다."

이런 일은 대륙에서도 흔했다.

맨바닥으로 추락해서 일어난 적이 한두 번도 아니었다.

"죽음의 위협을 느끼고 있는 것도 아니잖아?"

죽음 직전까지 몰려서 다시 살아난 적도 많았다. 그때를 생각하면 지금은 그래도 괜찮다.

통장에 돈이 그럭저럭 남아 있었다. 이것을 기반으로 다시 사업을 일으키면 되는 것이다.

그간 프랜차이즈 사업에 대해서 여러 가지를 알게 되었고 이것을 기반으로 하면 된다.

모든 것이 수포로 돌아간 것 같지만 배움은 남아 있었다. 그것만으로 상두에게는 큰 자산이 되는 것이었다.

그는 기분전환 삼아 제대로 자연을 느낀 그는 이제 세상으로 내려가려 했다.

어느 정도 내려왔을까?

누군가가 그를 막아섰다.

등산복에 가려져 있지만 굉장히 다부진 근육이 상당한 수련을 한 인사들이라는 것을 알게 해주었다.

"누구냐."

상두의 나지막한 물음에 그들은 대답하지 않았다.

"누구냐 물었다."

상두의 몸에서 놀라운 투기가 흘렀다.

그러자 그들은 알 수 없는 웃음을 보였다. 하지만 상두는 그 웃음의 의미를 알 수가 있었다.

강자를 발견했을 때의 권사들의 희열……

바로 그것이었다.

그들은 다짜고짜 상두를 향해 달려들었다.

날랬다.

날랜 정도가 아니라 인간의 스피드로 보이지 않을 정도로 빨랐다.

가끔 이 세계 사람들도 육체를 극한까지 이끌어 내는 사람들이 존재한다.

이들도 그런 이들인 것처럼 보였다.

이 정도면 카논에게는 한참을 못미치겠지만 현재 상두의 신체능력과 거의 비슷한 정도였다.

물론 각 개인으로는 상두가 누를 수도 있는 실력이었지만 두 사람이 달려드니 영 성가신 것이 아니었다.

그동안의 수련으로 그의 에너지를 단계별로 봉인 풀 듯 사용하는 방법을 고안해냈다.

그렇게 힘을 숨겨두고 있어야 이 세상에서 트러블을 막을 수가 있었다.

지금은 어떠한 봉인도 풀지 않은 상태.

상두는 그들에게 밀리는 것을 느낄 수가 있었다. 이제 더 이상 피하지 못하고 가드하는 경우가 더 많아졌다.

'안되겠군.'

상두는 에너지를 온몸에 순환시켰다.

그는 10단계 중에서 1단계의 봉인을 풀었다.

그와 함께 상두의 몸에서 반투명의 기운이 훅하고 올라왔다.

그것을 느끼고 당황한 두 사람은 뒤로 잠시 물러났다.

하지만 그것은 그들의 실수!

그 틈을 타 상두는 빠르게 그에게 달려들었다. 동시의 그들의 목을 잡고 그대로 넘어뜨렸다.

"크윽……!"

"크억……!"

상두는 목을 잡은 손을 놓지 않고 물었다.

"네놈들은 누구냐."

상두의 물음에 그들은 킥킥거리는 웃음을 보이며 대답했다.

"우리의 정체는 알 필요가 없다. 어차피 우리는 네놈을 조금이라도 지체시켜달라는 주문을 받았을 뿐이다. 하지만 별 의미가 없는 행동이었군. 이렇게 빨리 일이 끝날 줄 누가 알았겠어."

상두는 그들의 복부를 강하게 내리쳐 기절시켰다.

"도대체 무슨 짓거리야."

이들이 어디에 속한 사람인지 알 수가 없었다.

박경파의 수하 중 이 정도 실력이 되는 자들이라면 분명히 상두도 얼굴을 알고 있었다.

하지만 모르는 것으로 보아 다른 인물의 수하일 가능성이 높았다.

어쩌면 박경파가 사람을 샀을 수도 있는 것이다.

"나를 지체시킨 것으로 봐서는 집에 문제가 있는 것이 분명한데……."

그는 앞뒤 잴 것도 없이 빠르게 산을 내려왔다.

그는 차를 몰아 빠르게 달려왔다.

너무 빠른 속도 때문에 사고가 날 위험도 있었지만 높은 집중력을 발휘해 피할 수가 있었다.

그가 가게 근처에 도착했을 때 많이 소란스러웠다. 소방차들도 굉장히 빠르게 달려 나오고 있었다.

"도대체가……!"

상두는 빠르게 달렸다.

순간 그의 옆을 스치는 누군가를 발견할 수가 있었다.

그는 상두를 보며 웃음 지어 보였다. 아주 잔인한 웃음이었다.

상두는 그가 신경에 거슬려 잡으려 했지만 지금은 그것이 중요한 것이 아니었다.

지금 그의 가게가 문제가 생겼다.

가게 앞에 도착했을 때 불길이 치솟는 것을 볼 수가 있었다.

삽시간에 불은 주변 상가에까지 번져 있었다.

"안에 사람이 있어요!"

청천벽력 같은 주변 상인의 말……

영업을 재개한다고 식당으로 나간 어머니가 안에 계신 게 틀림없다!

"안에 우리 어머니가 있나요?"

상인은 고개를 끄덕였다.

상두는 미친 듯이 앞으로 달려갔다. 하지만 소방관들에 의해 막혀서 나아갈 수가 없었다.

"안 돼요, 안 됩니다!"

"비켜!"

상두는 그들을 잔뜩 밀어내고 불길로 뛰어들었다.

그는 온몸의 에너지를 돌려서 화염이 그의 몸에 번지지 않게 만들었다.

뜨거운 기운은 느껴졌지만 그래도 화상을 입을 정도는 아니었다.

그래도 오랫동안 노출이 되면 상두의 육체가 견딜지가 의문이었다. 하나 화상이 문제가 아니었다.

여러 가지 건축자재가 타면서 내뿜는 유독가스가 가장 문제였다.

그는 숨을 참고 앞으로 나아갔다. 지금의 상두의 능력이라면 오 분 정도는 거뜬했다.

그는 빠르게 주변을 탐색했다. 어떻게든 어머니를 구해내야 했다.

한 일이 분쯤을 돌아다니자 주방에서 어머니가 쓰러져 있는 것을 발견할 수가 있었다.

'어머니!'

그는 빠르게 그녀에게 달려들었다.

어머니는 그 와중에서도 상두에게 오지 말라고 손을 휘이젓고 있었다.

그렇다고 어머니를 포기할 상두가 아니었다.

상두는 빠르게 그녀를 훌쩍 들어 올렸다. 그리고 미친 듯이 빠르게 달려 나갔다.

"와아아!"

상두가 밖으로 나오자 모두들 환호성을 질렀다.

모두가 끝이라고 생각했을 것이다.

하지만 아들이 들어가더니 어머니를 기어코 구해냈다. 환호성을 얻을 만했다.

소방관도 하지 못하는 일을 그가 해낸 것이다.

하지만 어머니는 꽤나 부상이 컸다.

화상을 꽤 심하게 입었던 것이다. 게다가 유독가스를 많이 마셔 혼절한 상태.

구급대원들은 빠르게 상두와 어머니를 향해 달려왔다. 상두는 이제 긴장이 풀린 듯 그 자리에서 주저앉았다.

상두가 정신을 차린 것은 병원이었다.

그의 부상 상태는 그리 심각하지 않았다. 1도 화상을 조금 입었고, 마신 유독가스도 속에서 치유가 되어 그리 타격을 입히지 못했다.

의사들도 의아한 상황이었다. 이 정도가 되면 그래도 몸에 이상이 나타나야 되는데 말이다.

덕분에 상두는 금세 퇴원할 수가 있었다.

하지만 어머니의 퇴원할 수가 없었다. 그녀의 상태는 무척이나 심각했다.

회상이 꽤나 광범위하고 심했다.

화상도 화상이지만 유독가스도 굉장히 많이 마셔 혼수상태였다.

상두가 아니었다면 분명히 즉사했을 것이다.

모두들 불속으로 뛰어 들어가 어머니를 구해낸 상두의 효심에 감동하고 있었다.

이 미담을 취재하러 기자들도 몇 번 다녀갔지만 상두는 인터뷰를 거부했다.

아들로서 당연한 일을 한 것인데 무슨 취재냐는 것이었다.

덕분에 이 미담 기사는 신문의 작은 자투리 기사로 나가는 정도였다.

상두는 어머니의 병실 앞에 서 있었다. 아직 아무도 면회를 할 수가 없는 상태였다.

그저 밖에서 지켜봐야만 했다.

"어머니……."

상두는 누워 있는 어머니를 잠시 남기고 가게로 향했다.

무거운 마음으로 도착한 가게는 이제 잿더미였다.

터만 남아 있었다.

아직 제대로 치우지 않아 을씨년스러웠다. 게다가 주변 상가로까지 번져 굉장히 손해가 막심했다. 이 정도라면 보험 처리를 한다고 해도 모아 놓은 돈의 대부분을 잃어야 할 것 같았다.

상두는 잿더미 위로 올라섰다.

그의 얼굴에는 분노가 가득 찼다. 도대체 왜 상두가 이런 일을 당해야 하는 것인가? 열심히 살아갈 뿐이었다.

대륙에서나 있었던 일이 이 세상에서도 벌어지니 눈이 뒤집히는 것 같았다.

"그래……."

상두는 주먹을 꽉 쥐었다.

역시나 상두는 주먹을 버릴 수가 없었다. 주먹으로 모든 것을 이뤘던 대륙의 카논의 영혼이 깃들어져 있었다.

"그래, 카논으로 돌아가자."

상두의 얼굴은 냉정했다.

'주먹으로 단죄하리라.'

상두는 그렇게 다짐했다. 주먹으로 그를 이렇게 만든 모든 이들에게 숭고한 복수를 하리라 다짐했다.

상두에게 더 이상 잿더미에 있을 필요가 없었다. 잿더미에서 벗어나 새로이 나아가야 한다.

CHAPTER **05**
주먹이 힘이다

상두는 재투성이인 채로 박경파의 사무실로 향했다.

　그가 나아갈 때마다 거지꼴 같은 그의 모습에 수군거리며 사람들이 피했다.

　하지만 그의 차림새 때문만은 아니었다. 그의 온몸에서 흘러나오는 살기와 투기가 사람들을 그의 곁으로 다가서지 못하게 만들었다.

　정작 상두는 그런 것 따위는 신경 쓰지 않았다. 그의 머릿속과 눈에는 박경파의 사무실만 들어올 뿐이었다.

　그는 사무실이 있는 건물 앞에 섰다.

이를 꽈득 깨물었다.

도대체 어떤 누가 이런 테러를 자행했는지 들어야만 했다.

박경파는 분명히 알고 있을 것이다. 아니, 그가 알아야만 한다.

조금 늦은 저녁인지 사무실 앞에는 많은 인원이 나와 있지는 않았다.

그들은 본능적으로 상두를 발견하였다. 그의 몸에서 흘러 나오는 기운은 그토록 강렬했다.

상두를 보자마자 그들은 상두를 경계했다.

"회장님은 어디 있나."

상두의 물음에 그들은 대꾸도 하지 않았다.

대답하기 힘든 상황이었다. 아무래도 함구하라는 명령을 받은 것이다.

"안에 있는 것 다 알아."

상두가 그들을 헤치고 안으로 들어서려 하자 그들이 막아섰다. 그들의 경계에 상두는 그들을 노려보며 읊조렸다.

"비켜라. 네놈들하고는 상관없으니까."

하지만 그들이 비켜설 것 같지는 않았다.

이들은 보스의 명령이라면 죽음까지 각오한 자들이다.

아무리 상두가 강하다는 것을 알고 있다고는 하나 비켜줄 수는 없었다.

"막아서면 죽인다."

상두는 어떠한 자세도 취하지 않았는데 모두 움찔거렸다.

그것은 두려움이었다.

그의 몸에서 흘러나오는 기운 때문이었다. 빈틈도 없었고 오히려 금방이라도 모두를 쓰러뜨릴 기세였다.

하지만 그래도 그들은 물러서지는 않았다. 보스의 명령은 두려움도 이겨내게 할 만큼 절대적인 것이다.

"안 되겠군."

상두는 성큼성큼 앞으로 걸어 나왔다.

그들은 더욱더 몸을 움찔거렸다. 상두의 몸에서 풍기는 기운을 참아내기 힘들었던 것이다.

그중에 신입 조직원으로 보이는 몇몇은 뒤로 물러나기까지 했다.

그만큼 상두의 위압감은 위협적이었다.

"그렇게 살기를 흘리면 어쩌겠다는 거냐."

상두의 귀에 익숙한 목소리가 들려오자 조직원들이 길을 터주었다.

그는 박강석이었다.

그 역시 상두의 위압감에 눌린 듯해 보였지만 그래도 수하들보다는 의연한 모습이었다.

역시 이 바닥에서 오랫동안 굴러먹은 가락이 나오는 것이다.

"오랜만이야, 상두 군."

"회장님 어디 있습니까?"

상두의 물음에 박강석은 고개를 절레 흔들었다.

"말할 수 없다. 회장님께서 너에게는 불문으로 붙이라고 했으니까."

박강석 그 역시 함구하라는 명령을 받았는지 대답을 해주지 않는다.

"회장이라는 작자까지 갈 필요도 없겠군요. 당신이라면 알지 않습니까? 우리 가게에 불을 낸 사람을."

박강석은 잠시 동안 입을 닫고 있었다.

"그것도 불문에 붙이라고 했나요?"

상두의 비아냥거림에 강석은 쓴웃음을 보이며 대답했다.

"우리가 아니다."

"그렇다면 사주라도 하셨나?"

"아니, 사주도 하지 않았다. 우리와는 상관없는 일이다. 우리가 관련된 것은 채권 추심 외에는 없다. 내 조직 인생 전부를 걸고 말할 수 있다."

"당신의 조직 인생이 그렇게 하찮은 거였군요."

상두는 비아냥거렸다. 하지만 박강석의 눈은 거짓을 말하고 있는 것 같지가 않았다.

물론 사람의 표정으로 그의 마음을 읽는다는 것은 어렵지만, 상두 안의 카논은 읽을 수가 있었다. 그런 능력 덕택에 오랫동안 살아남을 수가 있었던 것이다.

적과 동지가 구분되어야만 살아남는 세상이었으니…….

물론 이 세상도 마찬가지다.

"거짓말을 하고 있는 것 같지는 않군요."

상두는 돌아섰다. 그의 어깨를 강석이 살며시 잡았다.

"우리 회장님은 어떻게 할 거냐?"

"죽이지는 않을 겁니다."

상두의 그 죽이지는 않을 겁니다라는 말이 오히려 박강석이 몸서리치게 만들었다.

"애송아, 만약에 네가 정말 회장님께 해를 가한다면 난 너를 그다음부터는 적으로 봐야 할지도 모른다."

"그래서요?"

상두는 그를 쏘아보았다.

"난 너와 적이 되고 싶지 않아."

"하지만 난 지금 당신과 적이 되어야 할 것 같습니다. 왜냐하면 회장이 있는 곳을 당신은 말해야 할 테니까요."

상두는 빠르게 달려들었다. 그리고 강하게 박강석을 내려쳤다.

"크윽……!"

공격을 받아낸 박강석은 뒤로 빠르게 밀려 나갔다.

그는 웬만한 사람들에게 대하는 힘으로는 이겨낼 수가 없었다.

봉인을 1단계에 맞추고 그 힘의 중간 정도까지는 사용해야 할 것 같았다.

상두의 몸에서 이제 푸른 오러가 흐르기 시작했다.

사람들이 모두 볼 수 있을 정도였다. 박강석은 그런 상두의 모습을 보며 공포를 느꼈다.

아마도 그는 그 푸른 오러가 상두의 몸에서 나오는 살기고 느낀 듯했다.

아무리 박강석이라고 해도 상두를 당해낼 수가 없었다.

그는 계속해서 공격을 막아내기 급급했다.

놀라운 정신력으로 모두 막아내고는 있었지만 팔이 저려 왔다. 정신이 아득해져 왔다.

"이제 끝내죠."

상두는 강하게 주먹을 뻗었다.

"크윽……!"

가드가 깨졌다. 그리고 상두의 주먹의 그의 오른쪽 가슴에 정확하게 들어갔다.

"크어억!"

그는 그대로 쓰러졌다.

갈비뼈가 산산조각이 난 것 같았다.

"빨리 말하시죠……? 회장… 어디에 있습니까? 회장이 있는 곳을 알면 그를 통해서 동민이라는 녀석이 있는 곳도 알수 있습니다."

상두의 물음에 박강석은 아직도 입을 열지 않았다.

상두는 더욱더 겁을 주기 위해 주먹을 뻗었다. 하지만 그 순간 수하들이 모두 달려와 그를 막아섰다.

"안됩니다! 회장님은, 회장님은 강원도에 계십니다!"

그들이 말을 꺼내자 상두는 한숨을 내쉬었다.

"역시 당신은 수하들에게 존경을 받고 계시는군요……."

그는 돌아섰다.

이렇게 진심으로 전심으로 자신의 우두머리를 지키는 자들에게까지 무력을 사용하고 싶지 않았다.

"회장님의 있는 곳을 알려주지……."

그 말에 상두는 박강석을 돌아보았다. 그는 스마트폰을 꺼내 상두에게 내밀었다.

"메모 어플에 적어놨다. 숙지해라… 크윽……."

그는 가슴을 부여 잡았다.

"지금은 권력에 눈이 멀어 이렇게 되었지만, 그리 나쁜 분은 아니다. 낭만파 주먹을 자처하는 그런 사람이었단 말이다."

"그런 말 하지 않아도 됩니다. 저도 그 정도는 아니까요."

상두는 고개를 숙여 목례하고 돌아섰다.

"이동민……."

돌아가려던 상두는 잠시 멈칫하고 뒤를 돌아보았다.

"이동민 짓이다. 그놈이 사주한 놈이 불을 질렀을 거야. 회장님도 아마 이동민과 있을 것이다"

"왜 알려주는 거죠?"

"네가 완전히 썩지는 않은 것 같으니까."

강석의 말에 상두는 알 수 없는 미소를 보이더니 목례하고 돌아섰다.

*   *   *

동민의 거처는 학교에서 알아낼 수가 있었다.

하지만 지금은 그 주소에 살고 있지 않았다. 어디론가 자취를 감춘 것이다.

"흠… 이거……."

상두는 금방 찾을 수 있을 줄 알았는데 힘이 빠지는 것 같았다.

하지만 이때에 분명히 도움이 될 친구가 생각이 났다. 바로 대학시절 룸메이트였던 철진이었다.

상두는 갑자기 생각이 나서 그에게 전화를 했다.

수신음이 계속해서 울렸지만 전화를 받지 않았다. 상두는 한숨을 내쉬었다.

"다시 처음부터 찾아봐야 하는 건가……."

그때에 스마트폰이 울렸다. 상두는 황급히 전화를 받았다. 철진이었다.

"그래, 철진아, 오랜만이다. 그래. 부탁할게 좀 있어서 말이야. 그래. 그래, 거기서 만나자."

상두는 전화를 끊고 약속장소로 향했다.

그들이 만난 곳은 학교 근처의 카페였다. 카페라고는 하지만 어두컴컴한 분위기라서 많은 손님이 찾지는 않았다.

알고 봤더니 해커가 자신의 정체를 감추기 위해 차린 카페라고 하였다.

"오랜만이다, 박상두. 네 소식은 들었어. 어떻게 위로를 해야 할지……."

"아니야, 괜찮아."

상두는 의외로 밝게 웃어주었다.

그의 웃음에 철진은 오히려 더 인상을 찌푸렸다.

힘든 데도 힘든 티를 내지 않는 그런 억지웃음이었던 것이다.

"이동민 주소를 알고 싶은 거지?"

철진의 점쟁이 같은 말에 상두는 눈을 크게 떴다.

"그걸 어떻게 아는 거냐?"

"나도 네 사고 소식을 듣고 여러 가지로 알아봤어. 해커의 능력을 무시하지 마라."

그는 상두에게 쪽지를 하나 내밀었다.

"네 연락 받고 바로 주소 찾아서 이렇게 적어놨다."

그곳에는 주소가 적혀 있었다. 하지만 확실히 상두에게 내주지는 않았다.

그의 놀라운 해킹과 신상 털기 능력이 빛을 발하는 순간이었다.

"무엇 때문인지는 묻지 않겠어. 하지만 쓸데없는 짓은 하지 않는 게 좋아."

"무슨 말이야?"

상두의 물음에 그는 인상을 찌푸리며 대답했다.

"표면적으로 나타난 모습만 현금동원력이 많은 재벌일 뿐이야. 막후에 굉장한 실력자라는 소문까지 있어."

상두는 철진의 말에 대답 없이 웃음만 보였다. 지금 그는 쓸데없는 짓을 하러 가는 것이니…….

"웃지 마라. 괜히 더 불안해지잖아."

"주소나 내줘."

상두의 말에도 그는 머뭇거렸다. 지금 상두는 마치 죽으러 가는 사람 같은 느낌이었다.

"위험해 보여, 너……."

"난 죽지 않아."

"하지만 넌 그저 평범한 이십대일 뿐이야."

"더 이상 말하지 말고 주소 줘."

더 이상은 머뭇거릴 수는 없었다. 철진은 상두에게 주소를 적어줄 수밖에 없었다.

상두는 주소를 받아 쥐고 뒤돌아섰다.

"걱정하지 마……."

상두의 말에 철진은 한숨을 내쉬었다.

"걱정 안 하게 생겼냐."

"난 말이야."

상두는 살짝 철진을 바라보며 웃음 지었다.

"난 피스터 마스터야."

"뭐? 뭐라고?"

철진에게 대답하지도 않고 상두는 밖으로 나갔다.

힘이 없는 철진은 그저 한숨만 내쉬며 친구를 보내줄 수밖에 없었다.

상두는 다시 고속버스에 몸을 실었다.

하지만 그가 가는 방향은 구미 쪽이 아니었다. 바로 강원도였다.

동민이 있는 곳은 강원도의 대저택이었다. 그곳은 그의 할아버지 이성만의 거처였다.

어릴 적 부모님을 일찍 여읜 그는 할아버지와 살았던 것이다.

학교에 등록된 주소는 서울에서 잠시 거처하는 곳이었다.

상두는 무작정 이동민을 찾아가고 있었다.

동민을, 그리고 박경파를 박살 낼 것이다.

하지만 그는 분노에 찬 것은 아니었다.

머리는 무척이나 냉정했다. 그는 지금 단죄를 하려는 것이었다.

법이나 도덕이 할 수 없는, 하늘이 내리지 않는 벌을 내릴 것이다.

인벌…….

하늘이 천벌을 내리지 않으니 상두가 직접 '인벌'을 내리려는 것이었다.

고속버스에서 내려서도 한참을 택시를 타고 가야만 했다. 하지만 택시기사들은 아무도 그 주소로 가려 하지 않았다.

억지로, 억지로 한 대를 찾아낼 수 있었다.

"그곳에는 왜 그러는 겁니까?"

"만나야 될 사람이 있어서요."

"그곳에는 일반사람들이 가면 안 되지만, 따블로 준다고 해서 가는 겁니다."

상두는 고개를 끄덕였다. 가는 내내 상두는 눈을 감고 마음을 다스렸다.

지금 그가 하려는 것은 단죄이다. 감정이 폭발하여 사람을 죽이는 그런 일이 아니란 말이다.

"다 왔습니다."

상두가 탄 택시가 저택 앞에 섰다.

갑자기 사람들의 인적이 드문 곳에 택시가 서자 출입문에서 지키고 있던 경호원들이 다가왔다.

택시기사는 걸음아 나 살려라라는 듯 택시를 몰고 빠르게 빠져 나갔다.

"당신 누구야?"

상두에게 그들이 물었다.

상당히 많은 인원들이 삼엄하게 경비하고 있었다. 마치 대통령 경호를 보는 듯했다.

"이동민을 만나러 왔다."

상두의 말에 경호원들은 헛웃음을 보였다. 이동민이라면 이 저택의 주인의 손주가 아닌가?

"누구신지는 모르겠지만, 이곳은 아무나 올 수 있는 곳은 아닙니다. 돌아가시죠."

출입문 쪽의 경호의 담당자가 정중히 말했다.

"비켜."

하지만 상두는 막무가내로 앞으로 나아갔다.

"이 사람이 왜 이러나!"

담당자가 빠르게 상두의 팔을 잡았다.

상두의 팔을 꺾어 제압할 속셈이었다. 하지만 오히려 상두가 교묘히 힘을 역이용해 그의 팔을 꺾었다.

담당자는 놀라고 말았다. 그는 이 경호원 세계에서 십수 년 뼈를 묻은 자였다.

웬만한 괴한들은 모두 제압할 수 있다고 생각했던 그가 당하고 말았다.

"힘을 쓰겠다면 받아주지."

상두는 그를 쓰러뜨렸다.

그러자 경호원들이 모두 상두에게로 달려들었다.

한눈에 보기에도 상두는 좋은 목적으로 방문한 것이 아니었다. 어떻게든 쫓아내야 했다.

상두는 훌쩍 뒤로 물러서더니 그들의 복부를 빠르게 걷어찼다.

모두 커억 하는 소리와 함께 단숨에 쓰러졌다.

기절한 것이다.

"힘은 그렇게 쓰는 게 아니야."

상두는 손바닥을 탁탁 털며 문 앞으로 나아갔다.

초인종은 보이지 않았다.

그렇다고 밖에서 열 수 있는 것도 아니었다.

문 옆에 조그마한 부스가 있었는데 이곳에서 연락을 취해 문을 여닫는 것이었다.

"문을 열어줄 것 같지는 않군."

상두는 문 앞에 서서 주먹을 허리춤으로 끌어당겼다.

푸른 기운이 약간 맺힌 주먹을 앞으로 뻗었다.

콰앙!

요란하게 사방을 울리는 굉음!

두꺼운 철문이 그대로 앞으로 날아갔다.

상두는 뒤이어 성큼성큼 걸어 나갔다.

정원이 있는 듯했지만 그곳까지 가는 길만 해도 꽤나 길었다.

갑자기 빚어진 굉음에 경호원들이 또다시 달려들었지만 상두는 조금 전보다 더 쉽사리 그들을 기절시켰다.

그가 들어서자 안에 있던 사람들이 깜짝 놀라 바라보았다.

몇 사람이 모여 조촐하게 다과를 나누고 있었다.

그곳에는 정제계 인사들이 모여 있었고, 그 사이에 박경파도 보였다.

"이동민 어디 있습니까?"

상두는 자초지종도 설명하지 않고 물었다.

그 물음에 한복을 입은 근엄하게 생긴 한 노인이 일어났다.

"자네가 소동의 주인공인가?"

그는 완고해 보였고 또 어느 이면에서는 부드러움도 엿보이는 듯했다.

완고한 것은 본인의 성격이고, 부드러움은 살아가면서 생긴 유연함이리라.

"자네가 누구길래 우리 손주를 찾나? 용건이 별 볼일 없다면 돌아가게. 호되게 경을 치는 수가 있어."

그가 바로 이성만 회장인 것 같았다. 상두는 꾸벅 인사를 하고 대답했다.

"할아버님의 손주께서 우리 어머니를 죽이라고 사주했습니다. 그 정도라면 별 볼일 있는 이유가 되겠습니까?"

"하하하하!"

상두의 물음에 그는 박장대소를 보였다.

"젊은 친구가 재미있구만그래. 우리 동민이가 사람을 죽이라고 명령했다고? 아닐세, 아니야. 방화에 전문적인 사람을 붙여준 적이 있었지만 사람을 죽이려는 것은 아니었어. 아마 자네 가게를 불 지르려는 것일 게야."

이성만 회장은 모든 것을 알고 있었다.

상두는 그런 그의 가증스러운 모습에 인상을 찌푸렸다. 그렇다면 손주가 그런 일을 하도록 내버려 두었단 말인가?

"이동민 어딨어!!"

상두는 자신의 옆에 있는 커다란 바위를 주먹으로 후려 갈겼다. 마치 바위는 두부처럼 으깨져 산산조각이 났다.

이성만은 얼굴에 돌조각이 튀는데도 굳건히 서 있었다. 하지만 이마에서 한줄기 땀이 흘러내렸다.

'위험하다. 저건 인간의 눈이 아니야. 사나운 맹수의 눈이지……'

이성만은 그렇게 생각했다. 이런 눈빛을 가진 자는 세상에 군림할 사람이다.

"나 외에 세상에 군림할 자가 있으면 안돼……."

그는 손바닥을 탁탁하고 쳤다.

그러자 수많은 검은 양복을 입은 자들이 나타났다.

그들은 모두 무기를 들고 있었다. 일본도도 있었고 타격 무기들도 있었다.

'이 정도면 겁을 집어 먹겠지.'

이성만은 그렇게 생각했다.

아무리 사나운 맹수라고 할지라도 뿔을 들이대던 초식동물들이 많다면 꼬리를 내린다.

그것이 이성만이 세상을 살아가는 방식이었다. 자신보다

강한 자는 어떻게든 완력으로 굴복시키는 것……

"아니……!"

하지만 이성만은 놀라고 말았다.

상두의 그 눈빛은 전혀 죽지 않았다. 오히려 더 불타올랐다. 맹수의 눈빛이 아니었다.

이것은 귀신의 눈빛……

모든 것을 집어삼킬 듯한 그런 파괴의 눈빛이었다.

이성만은 잘못 계산하고 있었다.

상두는 이 세계의 힘을 지닌 자가 아니었다. 이계의 힘을 지닌 피스터 마스터 카논의 영혼이 깃든 자였다.

그의 힘은 세상을 파괴할 정도로 압도적이었다.

그 힘을 모두 찾지는 못했지만 지금의 힘만으로도 이곳에 있는 모두를 쓸어버릴 수 있는 힘을 가진 자였다.

이 세상의 사람들의 기준으로 생각할 자가 아니었다.

폭풍처럼 휘몰아쳤다.

달려드는 경호원들의 팔다리뼈를 모두 부러뜨렸다.

개중에는 목숨이 위험한 자들도 속출했다. 피가 튀었고 뼈가 튀었다.

이성만은 덜덜덜 떨었다. 하지만 움직일 수가 없었다.

이것은 마치 고대의 전쟁을 보는 것 같았다.

총이 아닌 칼과 칼이 주먹과 주먹이 맞대어 처절하게 승부를 겨루는 고대의 전쟁!

하지만 이면으로는 아름다웠다.

강함의 극한은 어쩌면 아름다움이었다.

이성만은 처음으로 강함의 미학을 주먹의 미학을 제대로 느끼고 있었던 것이다.

그렇기 때문에 두려움에 소변이 흘러 내려도 그것을 알 수가 없었다.

모든 것이 끝이 났다.

이성만의 정원은 그야말로 아수라장이 되었다. 그 중심에 서 있는 상두는 그야말로 아수라였다.

제석천과 끊임없는 전투를 벌였던 그 아수라⋯⋯!

그의 온몸에는 둔기와 흉기로 인한 상처로 피투성이 되어 있었다.

온몸이 피칠갑이 되어도 그의 눈빛은 전혀 죽지 않았다.

그는 큰 숨을 내쉬지도 않았다. 또렷하게 박경파를 바라보고 있었다.

상두는 천천히 박경파에게로 걸어갔다.

이성만을 스칠 때 자신에게 위해를 가하지 않는다는 것을 알면서도 이성만은 몸을 움츠렸다.

그 정도로 상두는 살기가 등등했다.

그것은 모여 있는 정제계 인사도 마찬가지였다.

상두의 살기에 움직이지도 못하고 그대로 벌벌 떨 수밖에
없었다.

"박경파……."

상두는 그의 목덜미를 잡고는 휙 하고 던져 버렸다.

박경파는 두려움에 떨 수밖에 없었다.

상두가 강한 줄을 알았지만 이렇게 인간의 영역을 벗어난
강함을 가지고 있으리라 생각도 못한 것이었다.

"당신 때문에 우리 가족이 해체되었어. 당신 때문에. 왜 그
래야만 했지?"

상두의 물음에 그는 대답하지 않았다. 대답은 예전에 했
다. 권력을 위해서였다.

"미, 미안하다……."

그는 두려움에 마음에 있지도 않은 사과를 했다. 하지만 상
두가 듣고 싶은 것은 사과가 아니었다.

"난 사과 따위는 듣고 싶지 않아!"

상두는 그의 다리를 걸어찼다.

강한 힘이 들어가 있는 것도 아니었는데 뿌드득 소리와 함
께 부서졌다.

상두는 그 부서진 다리를 잘근잘근 밟았다. 그럴 때마다 우
두득 우드득 뼈가 부서지는 소리가 퍼져 나왔다.

"크아아악!!"

그럴 때마다 박경파는 강렬한 비명을 내질렀다. 그 모습에 모여 있는 정제계 인사들의 혼이 빠져 나갔다.

박경파는 그대로 혼절했다.

상두는 더 이상 박경파를 건드리지 않았다. 그는 딱 이정도 까지의 죄를 물으면 되었다.

"이동민을 데리고 오십시오."

상두는 이성만을 바라보며 말했다.

하지만 그는 묵묵부답이었다.

아무리 두렵고 떨리지만 하나밖에 없는 혈육을 내줄 수는 없었다.

"내줄 수 없다 이 말입니까?"

상두의 몸에서 푸른 오러가 형성되어 일렁거리기 시작했다. 그 모습은 스산했다. 그 모습은 마치 사신의 모습과도 같았다.

"그렇다면 당신의 팔 하나 정도는 받아야겠습니다."

상두의 말에 그는 눈을 감았다. 생각보다 의연했다.

수십 년을 이 어둠의 세계에서 군림해 온 자였다.

이런 상황이 온다고 해도 다른 이들처럼 겁을 집어 먹을 그런 그릇의 남자가 아니었다.

상두 역시 그런 것을 느꼈다. 이 남자 대륙에서 태어났다면 세상을 호령할 군장이 되었을 사람이다.

하지만 이곳은 대륙이 아니다.

상두가 이성만의 팔을 잡았다.

그때!

"빌어먹을 놈아!!"

울부짖는 목소리와 함께 상두의 등이 따끔했다.

일본도로 누군가가 내려친 것이다.

하지만 상두의 단단한 육체는 살가죽만 살짝 긁힐 정도의 상처밖에 낼 수가 없었다.

상두는 뒤를 돌아보았다.

이동민이 식식거리며 칼을 들고 있었다.

"우리 할아버지를 건드리지 마!"

상두는 가증스러웠다. 자신의 혈육이라며 감싸주는 그의 모습이……

"그런 놈이 우리 어머니를 죽이려 했나!!"

상두의 목소리가 쩌렁쩌렁하게 울렸다.

그의 외침에 두려움이 몰려온 동민은 칼을 떨어뜨렸다. 그리고 무릎을 꿇었다.

"그곳에 네 어머니가 있는 줄… 몰랐다. 정말… 몰랐다. 미안하다, 미안해. 정말……."

그의 사과에 진심이 깃들어 있는지는 몰랐다. 두려움 때문인지 구구절절했다.

하지만 상두는 그런 것을 원하지 않았다. 그가 원하는 것은 사과 따위가 아니었다.

"네놈은 눈 하나 정도는 받아주지."

상두의 말에 이동민은 움찔했다.

그는 숨어서 박경파의 다리를 아작 내는 상두를 볼 수가 있었다.

지금의 그라면 이동민의 눈 하나 정도는 쉽게 없앨 수 있을 것 같았다.

상두가 그의 멱살을 거머쥐었다. 그리고 들어 올렸다.

한 손으로는 그의 눈을 취하려 집게손가락을 뻗었다.

"안 된다! 안 된다, 이놈아!"

이성만이 그의 팔을 잡고 늘어졌다.

"이거 놓으시죠? 우리 어머니를 해하려 했던 놈입니다. 이 정도의 권리는 저에게도 있을 텐데요."

"안 된다!!"

"당신들은 돈 때문에 다른 혈육들에게 피해를 주지 않았습니까? 자신이 피해를 당하려니 또 그건 싫습니까?"

상두의 말에도 이성만은 그의 팔을 잡고 완강히 버텼다. 하지만 그렇다고 해도 상두가 팔을 못 쓰는 것은 아니었다.

"비켜요!"

상두는 팔을 한 번 휘저었다. 그러자 그는 정원의 조팝나무로 빠르게 굴러가 부딪쳤다.

"그 정도로는 안 죽어요. 당신 손주의 눈알이 하나 사라지는 것을 지켜보세요."

상두는 검지를 뻗었다.

"이놈아! 내가, 내가 누군지 아는 거냐! 내가 말하면 대통령도 없앨 수 있어! 난 밤의 황제야!"

상두는 그의 말에 시크하게 대답했다.

"그래서요?"

그대로 집게손가락을 동민에게 뻗었다.

"크아악!!"

비명을 지르는 동민을 바닥에 후려치듯 던져 버렸다. 하지만 그는 그 충격도 모른 채 눈을 부여잡고 이리저리 굴렀다.

모든 것이 끝이 났다.

피투성이의 상두는 의미를 알 수 없는 미소를 보였다. 이성만은 그 스산한 미소를 바라보며 생각했다.

'저놈… 갖고 싶다……'

탐나는 강함이었다.

자신이 먹혀 버릴 강함일지라도 너무도 탐이 나는 강함이었다.

저런 자를 옆에 두고 평생을 군림하고 싶었다. 하지만 지금은 아니다. 그는 아직 조련될 수 없는 야수였다.

"하하……! 하하하!"

상두의 미소는 이제 대소가 되어 정원에 모두 퍼졌다.

그는 피투성이인 채로 이성만의 집을 나섰다.

"박상두! 죽인다! 죽여 버릴 테다!!"

이동민의 처절한 목소리가 사방에 퍼져 나갔다.

하지만 상두는 신경 쓰지 않았다. 저런 놈의 협박 따위는 두렵지도 않았다.

모든 것을 박살 냈다.

그가 원하는 대로 단죄를 내렸다.

하지만…….

마음이 전혀 편해지지 않았다. 오히려 가슴에 응어리만 지고 있었다.

이런 것이 인벌이리라…….

인벌을 내린 사람의 가슴에 깊은 상처를 같이 남기는 것…….

하지만 상두는 한 가지를 깨달았다.

이곳에서는 주먹의 힘도 통한다는 것을. 그의 주먹이 폭발하면 이 세계에서도 통용이 된다는 것.

상두는 그것 하나를 배웠다. 그것만으로도 가슴에 생긴 응어리를 어느 정도 거둘 수 있었다.

상두는 모든 것을 정리했다.

불에 탄 건물에 대한 배상과 주변 상가에 대해 손해배상을 모두 처리하니 그동안 모아두었던 돈이 모조리 날아갔다.

게다가 어머니 병원비까지 처리하고 나니 남은 돈은 몇천만 원 정도.

변호사 사무실들을 돌아다니며 프랜차이즈 특허권이나 주식을 찾기 위해 백방으로 노력했지만 힘들다는 이야기만 들었다.

이미 프랜차이즈에 관련된 것은 자필로 서명했기에 물 건너갔다.

변호사는 좀더 알아보고 신중히 결정하지 않았냐고 반문했다. 하지만 상황이 그를 어렵게 만들었던 것이다.

주식이나 다른 자산의 경우 김재원이 너무도 교묘하게 법망을 이용했기에 달리 도리가 없을 것이라고 말했다.

상두는 그저 답답한 마음만 더 키울 수밖에 없었다.

그는 더 이상 구미에 있고 싶지 않았다. 모든 것을 정리하고 구미를 떠났다.

어머니는 한참동안 병원에 계셔야 할 것 같았고, 아버지는 시설에 계신다.

가족이 없는 구미에 더 이상 있을 이유가 없었다.

경기도 안산 쪽의 옥탑방을 얻었다.

최소한 아끼고 혼자서 생활할 수 있는 공간을 마련하다 보니 조금은 허름한 방을 얻을 수밖에 없었다.

남은 돈은 통장에 일단은 남겨두었다. 작은 1.5톤 트럭에 간단한 짐만 실고 이사를 했다.

"이게 전부인가?"

방안에 짐을 모두 내려놓으니 꽤나 초라했다. 하지만 상두는 상관이 없었다.

그는 언제나 단출한 것을 좋아하니까. 이렇게라도 비바람을 피할 수만 있다면 그것을 족했다.

간단한 이사인데도 철진이 어떻게 알고는 와서 도와주고 있었다.

연락해서 이사한다는 언질만 주었을 뿐인데 이렇게 찾아왔다. 상두가 이 세계에서 가장 제대로 사귄 친구라고 할 수 있는 존재가 철진이었다.

이삿짐을 어느 정도 들어오자 두 사람은 이사의 필수 음식 짜장면을 시켜 먹었다.

"야, 잘나가던 사업가가 탕수육 하나도 안 시켜주냐?"

철진은 짜장면만 시킨 것에 약간의 불만이 있는지 투덜거렸다.

"이 자식아, 다 털어 먹었는데 무슨 사업가냐. 짜장면이라도 감사히 먹어."

상두는 그렇게 대답했고 두 사람은 히죽거리며 웃음 지었다.

얼마 되지 않은 짐이라 쉽사리 정리가 되었다.

모든 것이 다 준비되고 철진은 자고 가겠다며 너스레를 떨며 방 안에 자리를 잡았다.

TV를 켜고 채널을 좀 돌리더니 이내 피곤한지 잠들었다.

시간이 흘러 어두운 밤이 되었다.

잠이 오지 않는 상두는 밖으로 나왔다.

"후우……."

그는 한숨을 내쉬었다.

"그래도 좀 기분이 가라앉네."

잘 나가는 청년 사업가에서 한순간에 몰락한 그였다.

하지만 그는 이대로 주저앉을 생각이 없었다. 10보 이상 후퇴를 했으니 어떻게든 한번에 2보 이상 전진해서 복구해야 할 것이다.

대륙에 있을 때에도 이랬던 적이 있었다.

아마도 적대국과의 전투였을 것이다. 카논이 선봉으로 선 전투는 연일 승승장구였다.

하지만 적의 전략에 휘말려 대패를 해야 했다. 하지만 그때에도 카논(상두)은 포기하지 않았다. 그저 잠시 후퇴했다가 잠룡처럼 이빨을 감추고 있다가 적대국을 몰아낸 경험이 있다. 그때에 비하면 지금은 아무 것도 아니다.

그는 옥상 난간에 서서 밖을 바라보았다.

그래도 나름 운치가 있었다. 저 멀리로 보이는 네온사인과 화려한 불빛들은 색색의 보석을 뿌려놓은 것 같았다.

집이 좀 허름해서 여름에는 덥고, 겨울에는 춥겠지만 이런 운치를 제공한다면 그것 따위는 아무렇지 않을 것이다.

"꺄아악! 살려주세요!"

옥탑방의 운치를 깨는 날카로운 여성의 비명 소리.

"무슨 소리지?"

상두는 사람들이 뜸한 골목외진 골목을 바라보았다.

남성 세 명이서 여성을 희롱하고 있었다. 주변에도 인가가 좀 있었는데도 해코지가 두려운 것인지 나와 보지 않았다.

"놔두면 큰일 나겠군."

상두는 이리저리 잴 것 없이 옥상 아래로 훌쩍 뛰어내렸다. 저런 것을 보고 그냥 넘어간다면 천하의 상두가 아니었다!

갑자기 등장한 상두의 모습에 당황한 남자들은 알 수 없는 말을 해댔다.

얼굴 모습은 한국인과 비슷한데 언어의 억양으로 보아 중국인인 듯했다.

"한국 사람이 아니군."

상두는 인상을 찌푸렸다.

안산 지역은 외국인 노동자들이 많이 거주하고 있다.

외국인 노동자, 즉 외노자들이 모여 있는 곳에는 늘 사건이 끊이지 않는다.

덕분에 치안 상태가 그리 좋지가 않았다.

외국인 노무자들이 상두를 향해 다가왔다.

아무래도 상두의 입막음을 하려는 것 같았다.

그들의 손에는 칼을 들고 있었다. 이들이 칼을 소지하는 것은 아무것도 아니었다.

"이 자식들이!"

상두는 분노하여 그들에게 먼저 다가갔다. 정확한 타점으로 정확하게 가격해 그들을 쓰러뜨렸다.

칼에 의지한 자들이 상두를 이길 수 있을 리가 없었다.

쓰러진 모두는 놀란 듯 눈을 크게 떴다.

"죽인다……."

상두의 으름장.

잠시 그의 눈은 그들에게 붉게 빛나는 것처럼 보였고 그들은 맹수를 본 초식동물처럼 빠르게 도망쳤다.

그들이 모두 사라지자 상두는 여성을 바라보았다. 그녀의 윗옷은 이미 반쯤 벗겨져 있었고, 치마도 많이 찢어졌다.

"왜 이렇게 위험한 곳에 온 겁니까?"

상두는 자기가 덮었던 가디건을 벗어 던져주었다. 그리고는 그녀를 밝은 곳까지 안내하고는 그녀가 택시를 타는 때까지 기다려 주었다.

"치안이 왜 이렇게 안 좋아졌지?"

상두는 고개를 절레절레 흔들었다.

한국하면 치안이 좋은 나라로 알려져 있었다. 물론 지금도 그리 나쁘지 않았다.

늦은 밤 여자 혼자 나다닐 수 있는 나라는 많지 않으니……

하지만 그래도 외국인 노동자들의 유입과 소시오패스, 인간을 죽이는 것에 아무런 반응도 보이지 않는 사이코패스의 등장으로 치안이 조금씩 쥐가 갉아먹듯 약해진 것도 사실이다.

이것이 모두 물질만능주의가 불러온 폐해가 아닐까.

"그러고 보니……"

상두는 번뜩이는 아이디어가 머리를 스쳤다. 이것을 잘만 이용하면 사업으로 만들 수 있을 것 같았다.

다음 날 상두는 철진을 불렀다.

철진은 투덜거리며 그의 노트북을 들고 왔다.

투덜거리는 했지만 상두가 부르니 재각 왔다. 그도 무척이나 무료한 듯 보였다.

"좋은 사업 아이템이 떠올라서."

상두의 말에 철진은 의아했다.

"사업 아이템이라니?"

"보안업체."

상두의 말에 그는 고개를 갸우뚱 했다.

"나를 부른 것을 보니 컴퓨터 보안업체를 말하는 것 같은데 이미 회사가 많아서 사업성 없다."

상두는 고개를 가로저었다.

"아니, 그게 아니라 말 그대로 보안업체지. 네트워크로 연결되어 언제 어디서든 출동이 가능한 보안업체."

상두의 말에 철진은 의아했다.

"그게 가능하기는 하겠지만 기술력이 좋아야 할 텐데."

"그래서 너를 부른 거지. 너는 컴퓨터라면 빠삭하잖아."

상두의 말에 그는 씨익 하고 웃음을 보였다.

"나를 알아주는 건 역시 너밖에 없군."

그는 어깨를 으쓱했다.

"하지만 돈이 엄청나게 들 텐데? 보안업체라면 꽤나 많은 사람이 필요할 테고……."

"그런 건 신경 쓰지 마. 너는 네트워크 부문만 신경 쓰면

돼. 너의 그 능력과 내 능력이 합쳐지면 좋은 회사가 탄생할지도 몰라."

상두는 그에게 악수를 청했다.

두 사람은 악수를 하며 고개를 끄덕였다. 상두는 이제 희망을 어느 정도 찾았다.

분명히 좋은 일이 있을 것 같은 예감이 들었다.

CHAPTER **06**
굿 디펜더

외국인 노동자 밀집지역에 경찰차들이 몰려든다.

만약을 대비해서 구급차들도 대기하고 있었다. 사람들이 많이들 모여와서 구경중이다.

경찰은 건물 앞에서 누군가와 대치중이었다.

인질극을 벌이고 있었던 것이다.

이슬람 세력의 외국인 근로자들이 내국인을 인질을 삼고 있는 심각한 상황.

그들은 칼과 무기를 소지한 채 원룸 전체를 장악하고 있어서 사안이 심각하다.

그들이 요구하는 것은 얼마 전 테러를 하려다가 사전에 잡힌 이슬람 단체 일원의 석방을 요구하는 것이었다.

외국인 노동자가 아니라 테러단이었던 것이다.

노동자로 가장하여 국내에 들어온 것이다.

테러에는 안전하다고들 생각하던 한국이었다.

하지만 언제고 분명 테러가 일어날 것이라고 예상했던 곳이기도 하다. 그것이 실제로 일어난 것이다.

덕분에 방송국 신문사 할 것 없이 기자들이 몰려와 있었다.

경찰은 어떻게 할 수가 있는 상황이 아니었다.

한국은 그만큼 테러에 대한 대책에 있어 취약점을 보이고 있었다.

곧 있으면 경찰특공대가 들이닥치겠지만 그때까지 인질들의 안전은 보장할 수가 없었다.

그저 단순한 인질극으로 착각한 경찰의 초동 대처의 미흡이 사태를 심각하게 만든 것이다.

사람들이 불안에 떨고 있던 차에 하늘에서 요란한 진동 소리가 들려온다.

멀리서 헬리콥터가 날아오고 있었던 것이다.

사람들은 드디어 경찰특공대가 왔구나 생각했다. 하지만 정작 경찰들은 의아했다.

아직 경찰특공대가 도착했다는 무전을 받지 않은 것이다.

드디어 건물의 옥상 위까지 도착한 헬리콥터.

—아아! 우리는 굿 디펜더입니다. 이 건물은 우리 굿 디펜더와 계약을 맺은 건물로서 지금 이 건물에 대해서 안전권을 행사하도록 하겠습니다.

헬리콥터 안에서 확성기로 울리는 목소리였다.

굿 디펜더라는 말에 모두들 의아했다.

요즘 가끔씩 광고에 나오는 그 경비회사였다. 네트워크에 가입해서 인증만 하면 어디든 도움을 주러 나타난다고 한다.

이것은 모바일로도 가능하며 건물의 경우에는 그 회사에서 지급하는 단말기를 달아준다.

그래서 조금씩 인기몰이를 하는 그런 회사였다. 하지만 그렇다고 해도 이렇게 인질을 제압하는 공권력이나 가능한 일을 할 수가 있단 말인가?

그들의 생각에 답을 하듯 헬기에서 여러 명의 무장한 사람이 내려왔다.

경찰들은 인상을 찌푸렸다. 무장은 분명 총으로 보이는 것이었다.

"저거 잡아 들여야 하지 않나요?"

젊은 형사가 나이가 좀 있어 보이는 형사에게 물었다.

"무기라면 불법이긴 하지. 하지만 저런 상황에서 우리까지 들이 닥치면 인질들은 어떻게 되겠나. 하지만 쉽게 침투하지는 못할 거야."

그는 답답한 담배를 입에 물었다.

경찰의 우려와는 달리 무장한 이들은 순식간이었다.

건물 옥상에서 밧줄을 타고 빠르게 건물 안으로 침투했다. 전광석화 같은 움직임이었다.

굉장히 혹독한 훈련을 받은 이들임에 틀림이 없었다.

뒤이어 남성의 날카로운 비명 소리가 들려오고 약간의 섬광들이 번뜩인다.

그리고 건물 안에서 사람들이 몰려나왔다. 경찰들은 총을 겨눴다. 하지만 나온 사람들은 모두 인질들이었다!

"안의 상황이 모두 종료된 건가!"

경찰들은 너무도 놀라고 말았다. 경찰특공대보다 더 신속해 보였다.

너무도 빠르게 인질범들을 제압했고 사람들은 그 모습을 흥미진진하게 바라보았다.

"나, 나온다!!"

이윽고 복면을 쓴 사람들이 모습을 드러냈다. 입과 코의 아랫 부분을 가리고 있었다.

그리고 군복처럼 보이지만 군청색의 유니폼을 입고 있었다.

그들의 뒤로 무언가 끈끈한 액체를 뒤집어 쓴 채 포승줄에 묶여 인질범들이 질질 끌려 나왔다.

접착력이 강한지 그들은 몸을 자유롭게 움직일 수가 없었다.

그들이 나오자 기자들이 마구 몰려들었고 인터뷰를 요청하기 시작했다.

"당신들의 정체가 무언가요!"

"굿 디펜더 소속이 맞습니까?"

"대치 상황에서 총을 사용하셨습니까?"

하지만 그들은 입을 닫고는 한마디도 입에 내지 않았다.

그들이 나오자 경찰들이 몰려왔다. 이것은 딱히 죄는 없었지만 무기를 소지한 듯 보였기 때문에 그들을 체포해야 할 것 같았다.

―아아, 우리는 굿 디펜더입니다. 일반 국민에게는 어떠한 위해를 가하지 않습니다. 저희들은 테러, 강도 등 국민의 안전을 위협하는 이들을 제압하는 경비회사입니다!

라는 소리와 함께 CM송이 울려 퍼졌다. 그 모습에 경찰들은 인상을 찌푸렸다.

"저건 무슨 소리야, 진짜."

이런 소동을 일으켜 놓고 그들은 넉살좋게 CM송까지 켜놓고 있었다.

굿 디펜더 소속 사원(?)들은 아무런 말도 없이 경찰들의 체포에 동의했다. 그들은 수갑을 차고 조용히 그들의 뒤를 따랐다.

다음 날 굿 디펜더는 엄청난 인기를 구가하기 시작했다.

신문지상과 방송으로 어제의 소동이 고스란히 전해진 것이다. 인터넷 검색어 1위에서 내려올 생각을 하지 않았다.

더불어 인터넷 SNS에 퍼져서 인터넷의 인지도가 엄청나게 올라갔다.

당시를 구경했던 사람들이 스마트폰으로 영상을 찍어 인터넷에 올렸던 것이다.

게다가 굿 디펜더의 CEO의 기자회견이 인터넷에 공고되었다. 덕분에 검색어 2위는 굿 디펜더 인터뷰였다.

CEO의 인터뷰는 호텔에서 열렸다.

많은 기자들이 열기들이 느껴졌다.

아직 CEO가 등장하지 않았는데 많은 사람이 모여 있었다. 모두 CEO가 궁금했다.

회사가 알려지기는 했지만 이렇게까지 강력한 행동력이 있다는 것은 그리 알려지지 않았던 것이다.

이런 회사를 이끄는 사람이라면 분명 카리스마가 넘칠 것이다. 그리고 모든 이들을 아우르려면 역시 나이도 조금 있을 것 같았다.

하지만 CEO가 등장했을 때 모두들 의아했다. 굉장히 젊었다.

넉넉잡아도 이십대 중반!

젊은 CEO의 등장에 모두들 웅성거렸다.

CEO는 바로 상두였다.

그는 기자 회견의 테이블에 앉았다.

깔끔하게 차려 입고 멋스럽지만 과하지 않은 헤어스타일로 등장한 그는 상쾌해 보였다.

그의 자신감 넘치는 분위기에 모두 좋은 인상을 가진 것 같았다.

"저희는 질문을 받지 않겠습니다. 입장표명만 할 생각입니다."

하지만 그가 말을 시작하자 카리스마가 느껴졌다. 굉장한 기백이 느껴지는 것이었다.

CEO의 말에 모두들 일단은 입을 열지 않았다. 어차피 질문은 입장표명 이후에 하면 되는 것이다.

CEO 상두는 입을 열었다.

"우리 굿 디펜더는 국민의 안전을 위해 일합니다. 절대로 국가의 공권력을 대항해서 하는 일을 하지 않습니다. 이번 사태에서 사용한 무기도 사실은 총기가 아닙니다."

"그렇다면 무엇입니까!"

어느 기자가 물었다.

"분명 입장 표명만 한다고 말씀 드렸습니다."

상두의 나지막한 말에는 약간의 힘이 있었다. 기자는 그 힘에 압도된 듯 땀을 한 방울 흘리며 뒤로 물러났다.

"이어서 말하지요. 저희가 특허 낸 특수한 물질을 발사하는 기구입니다. 그 특수한 물질도 전혀 인체에 해가 되지 않습니다. 게다가 폭력도 없었습니다. 만약 그것이 폭력이라고 생각되신다면 소매치기를 잡아낸 용감한 시민들도 폭력을 쓴 것입니다. 저희들은 절대로 법을 어기지 않았으며 앞으로도 법을 어기지 않을 것임을 여러분들께 말씀드립니다. 감사합니다."

그는 입장표명을 마쳤다.

뒤이어 기자들이 질문 세례가 쏟아졌다. 하지만 그는 말 그대로 입장표명만 하고 일어났다.

기자들의 질문들에 답변도 하지 않고 일어나 퇴장했다.

퇴장한 CEO……

아니, 박상두.

그는 유유히 굿 디펜더의 사원으로 보이는 복면 사내들의 호위를 받으며 호텔 밖으로 나갔다.

그들의 호위로 미리 대기 중인 벤 차량에 올라탄 그는 한숨을 내쉬었다.

"후우……. 이런 분위기는 정말 싫다니까."

차에 오르자 안쪽에서 검은 양복을 차려 입은 박강석이 웃음 지었다.

"잘하고 왔나?"

그의 질문에 상두는 손을 휘휘 저으며 손사래를 쳤다.

"몰라, 모르겠어. 이런 분위기 정말 싫다니까."

강석은 웃음을 보였다. 세월이 지나도 상두의 그 모습은 변하지 않았다.

"그로부터 2년이 지났지?"

강석의 말에 상두는 의아한 듯 물었다.

"벌써 2년이나 지났나? 난 이제 한 반년 정도 지난 것 같은데……."

상두는 몸을 시트에 묻었다.

"그러니까 말이다. 그동안 시간이 너무 빠르게 지나갔……."

강석은 말을 흐리고 상두를 바라보았다. 그는 시트에 몸을 기대어 잠들어 있었다.

"자냐?"

강석은 마치 동생을 보살피듯 밴에 있는 무릎 담요를 펴서 상두의 몸을 덮어주었다.

"그때나 지금이나 넌 참 다르지 않아."

* * *

1년 전.

상두는 무작정 김 의원을 찾아갔다.

그의 손에는 꽤나 많은 분량의 서류가 꾸러미로 들려 있었다.

그것은 사업 계획서였다.

이것은 철진과 함께 계획한 사업의 계획서였다. 꽤나 꼼꼼하게 작성했다.

두 수재가 머리를 맞대니 꽤나 좋은 결과가 나왔다.

사업 계획서는 완벽에 가까운 것이었다. 거기에 젊음의 패기를 더하니 모든 일이 일사천리일 것만 같았다.

상두는 김 의원에게 아무 연락도 하지 않았다. 사실 그의 연락처도 알 수가 없었다. 이것은 모험과도 같은 것이었다.

역시나 김 의원의 저택에 도착했을 때 경호원에게 막혀 상두는 들어갈 수가 없었다.

"김 의원님을 만나러 왔습니다."

상두의 당당한 물음에 경호원은 코웃음을 쳤다.

"사전에 약속을 하셨습니까?"

그는 고개를 가로저었다. 무작정 왔으니 약속을 했을 리가 없었다.

"김 의원님과 친분이 있는 사람입니다."

상두의 말에 그는 고개를 저었다.

이런 식으로 찾아와 청탁을 하려는 사람들이 꽤나 많다. 김 의원이 청탁을 받지 않은 것은 아니었지만 이렇게 직접적으로 찾아오면 곤란해지는 것이다.

"김 의원님과 친분이 있는 사람은 제가 거의 다 알고 있습니다. 하지만 지금 당신은 제 기억에 없는 사람입니다."

그는 완강했다. 역시나 상두를 쫓아내려는 것 같았다.

사실 상두는 김 의원의 자택에 단 한 번 왔을 뿐이다. 게다가 김 의원의 아들과 함께 오지 않았던가?

그의 기억에 남아 있지 않을 수 있었다. 그래도 상두는 포기하지 않았다.

"그럼 지금 계시기는 한 겁니까? 박상두가 왔다고 전해주십시오."

"지금은 우리 의원님이 계시지 않습니다. 다음에 오십시오."

"그럼 여기서 기다리겠습니다."

상두는 무작정 문 앞에 쭈그리고 앉았다.

경호원들은 그 모습이 마음에 안 드는지 계속해서 인상을 찌푸렸다.

어느 정도 위협해서 돌아가게 하고 싶었지만 괜히 언론에 알려진다면 문제가 크게 될지도 모른다.

일단 크게 무언가 사고를 칠 것 같지는 않아서 참고 있었다.

몇 시간을 앉아 있었을까?

검은 고급 세단이 들어왔다.

'왔구나.'

상두는 무작정 고급 세단 앞으로 달려들었다.

지체했다가는 주차장으로 들어가 버린다.

그 전에 막아야 했다. 다행히 차는 상두의 바로 앞에서 멈춰 섰다.

"야, 이 새끼야! 미친 거냐!!"

기사가 뛰쳐나왔다. 사고가 날 뻔도 했으니 그의 반응은 당연하다.

"김 의원님을 만나러 왔습니다."

죄송하다는 말도 없이 자신의 용건을 꺼내는 상두의 말에 기사는 그의 멱살을 거머쥐었다.

"지금 이자식이 무슨 말을 하는 거야! 차 앞에 뛰어들었으면 미안하다고 먼저 해야 될 거 아니야! 이거 이거 보험 사기범 아니야!"

기사는 계속해서 상두를 몰아부쳤다. 하지만 상두는 다른 말도 하지 않았다. 그저 묵묵히 세단만 바라보았다.

"그만두게, 황 기사."

김 의원이 나타나 명령했다. 밖의 상황을 확인한 그가 차에서 내린 것이다.

"아는 사람이야."

의원의 말에 기사는 그의 멱살을 놓아주었다.

"그래, 박상두 군. 오랜만이로군."

김 의원은 상두에게 손을 내밀어 악수를 청했다. 상두는 그의 악수를 받으며 목례했다.

"네, 오랜만입니다."

"무슨 일인가?"

"안에서 긴히 말씀드리고 싶은데 시간 되십니까?"

그의 물음에 김 의원은 고개를 끄덕였다.

"오늘은 일정이 없네. 그럼 안으로 들지."

김 의원은 상두를 이끌고 안으로 들어섰다.

그는 서재에 상두를 마주보고 앉았다.

상두가 내민 사업 계획서를 읽고 있었던 것이다. 꽤나 많은 양이라 어느 정도 훑어보더니 입을 열었다.

"재미있는 사업 계획서로군."

일단 그의 마음에 흡족한 것 같았다. 하지만 그는 이어서 부정적인 말을 꺼냈다.

"그런데 이것을 왜 나에게 내미는 것인가?"

"저의 사업을 도와주셨으면 합니다."

역시나 도움을 요청하는 것이었지만 이런 일이라면 분명히 사업자금을 요청하는 것일 것이다.

하지만 그는 그런 쪽으로 도움을 줄 수는 없었다.

"내가? 어떻게? 난 정치인이지 기업가가 아니야. 이런 것은 기업가에게 가서 말하는 것이 가장 빠를 텐데."

상두는 웃음을 보이며 대답했다.

"기업가에게 가서 이 아이템을 말할 수는 없습니다."

"무슨 말인가?"

"이렇게 좋은 아이템이라면 분명 그들이 선점하겠죠. 저에게는 기회가 없습니다."

김 의원은 심각한 표정으로 물었다.

"그렇게 자신이 있는가? 아무리 자네가 사업으로 성공을 해봤다고 하지만 이것은 또 다른 분야야. 게다가 자네는 한 번 실패도 맛보지 않았나."

"한 번 실수는 병가지상사라고 했습니다. 그 실수를 발판으로 삼겠습니다."

"그래, 하지만 나에게 온 이유가 뭔가?"

"어디서든 정치인과 연줄이 있다면 분명히 사업에 좋은 영향을 끼치죠."

"내가 무슨 도움이 되겠는가마는……."

"분명히 도움이 되십니다. 이것은 사설 경비 업체입니다. 김 의원님 같으신 분이 우리의 업체와 손을 잡는다면 분명히 도움이 되십니다."

상두의 말에 그는 고개를 끄덕였다.

예전 상두가 고등학교 시절에 도움이 필요하면 도와주겠다는 말도 했었다.

이번에는 정말로 도와줄 수 있는 상황이 온 것이다.

"이 보고서 다 읽고 나서 연락을 주지."

"연락을 안 주시면 안 됩니다."

상두는 약간의 의심이 드는 것 같았다.

하지만 그 모습에 김 의원이 인자한 웃음을 보이며 대답했다.

"상두 군, 정치인이 국민들에게는 거짓말을 하지만 주변 사람에게는 거짓말을 하지 않아."

그의 말에 상두는 고개를 끄덕였다. 일단 그를 김 의원을 믿기로 했다.

다음 날 철진의 호출로 상두는 그를 만났다.

철진은 다짜고짜 그를 데리고 일산 쪽의 아파트촌으로 향했다.

"여기는 왜 온 거야?"

상두는 사업을 준비하느라 바쁜 상태였다. 자금을 끌어 모을 방법이나 여러 가지 제반을 마련하기 위해 분주한 것이 사실이었다.

이렇게 한가하게 돌아다닐 때가 아니었던 것이다.

"따라와 보면 알아. 너한테 아주 도움이 될 만한 사람을 소개해 줄 테니까."

그는 철진의 부탁에 가까운 어조에 어쩔 수 없이 따라갈 수밖에 없었다. 잠시 동안 머리를 쉬는 셈치면 된다.

너무 머리를 혹사시켜도 그리 좋지는 않으니까.

아파트촌의 고급 아파트로 두 사람은 향했다. 입구부터 경비원들의 따가운 눈총을 받아야만 했다. 하지만 보안이 그리 좋아보이지는 않았다.

"이래서 우리 사업이 잘될 수 있을 거라니까."

상두의 혼잣말에 철진은 웃음을 보였다.

이곳으로 온 이유를 알 수 없는 상두는 답답한 듯 한숨을 내쉬더니 철진에게 물었다.

"자금을 대줄 사람이라도 만나게 해주려는 거냐?"

"뭐 그럴 수도 있지."

철진의 대답은 애매모호했다. 상두는 고개를 절레 흔들며 그의 뒤를 따를 수밖에 없었다.

아파트 건물 입구 앞에 선 철진은 숫자패드의 호수를 누르고 호출을 눌렀다.

"어머니, 접니다. 철진이에요."

그를 확인하자 출입문이 자동으로 열렸다. 이런 시스템을 처음 본 상두는 신기했는지 여러 번 바라보았다.

"아이고 철진이 왔니."

목적지에 도착하자 꽤나 인상이 좋은 중년 여성이 그들을 반겼다.

"오랜만이지요? 창수는 안에 있어요?"

"당연한 것을 묻는구나……."

그녀의 표정이 어두워졌다.

철진은 어색하게 웃으며 오른쪽 화장실과 가까운 방으로 향했다. 그러고는 노크를 했다.

"나야, 철진이."

그는 그렇게 짤막하게 말하고는 문을 열었다.

그의 옆에 있던 상두는 코를 막았다. 문이 열리자마자 악취가 풍겨 나왔던 것이다.

노숙자에게나 느껴질 그런 냄새였다.

철진이 안으로 들어서자 상두도 들어설 수밖에 없었다.

안에는 빈 컵라면 용기와 콜라병이 가득했다. 바닥은 언제 청소를 했는지 끈적거렸다.

그 안에는 무언가를 만지작거리며 컴퓨터를 바라보고 있는 사람이 있었다.

수염이 길고 머리가 길어서 청년인지 중년인지 분간이 될 수 없는 모습이었다.

이 모습은 히키코모리, 이른바 은둔형 외톨이였다.

이 사람 주변으로는 알 수 없는 장치들이 즐비했다. 어디서 산거 같지는 않았고 혼자서 만들어낸 창조물 같았다.

"창수야, 나왔어."

철진의 부르는 소리에 그는 고개를 돌려 보았다. 그러고는 배시시 웃는다.

말하는 법을 잊었는지 그는 말하지 않았다. 어쩌면 말을 하기 싫어 말문을 닫았는지도 모른다.

"내 친구 창수야. 왕따였던 나를 구해줄 정도로 활달한 친구였는데 이렇게 됐네."

철진은 눈시울이 붉어졌다.

"이제 좀 밖으로 나와라, 새끼야."

그는 철진의 말을 듣지도 않는 듯 컴퓨터와 만지작거리는 것만 몰두했다.

그가 만지는 것은 무언가 기계 특히 무기의 모습에 가까웠다.

컴퓨터 화면에 떠 있는 것도 무언가의 설계도였던 것이다.

"기계 오타쿠야. 그것도 발사체에 관해서 굉장히 관심을 가지고 있지. 분명히 도움이 될 친구야."

"네 말이 정말이라면 도움이 되겠네. 하지만 이 방 밖으로 나올 때 말이야."

상두는 현실을 냉정하게 말했다. 아무리 머리가 좋고 유능하다고 해도 이 방을 나서지 않는다면 소용이 없었다.

사람은 사람 사이에 있을 때 그 가치가 빛나기 때문이다.

"일단 나가자."

철진은 상두를 이끌고 방밖으로 나갔다.

창수의 어머니는 무언가 마실 거리를 준비하고 있는 중이었다.

"여기 와 앉거라, 철진아."

창수의 아버지의 부름에 철진은 인사부터 했다.

"아버님 계셨군요."

"그래, 오늘은 집에서 좀 쉴까 싶어서."

그들은 이야기를 나누었다.

처음에는 여러 가지 정치에 관한 이야기를 하다가 창수의 이야기로 넘어갔다.

그렇게 이야기를 이끈 것은 바로 철진이었다. 아무래도 그에 관련해서 창수 아버지에게 할 말이 있는 것 같았다.

"아버님, 예전에 아버님 말씀 기억하시죠?"

"무슨……?"

창수의 아버지는 갑작스런 질문에 의아한 듯 했다.

"창수를 방 밖으로 꺼내만 준다면 억만금을 줄 수 있다고……."

"아… 그랬지. 빈말이 아니라 어떤 것이라도 해줄 수 있을 거야."

그의 바람은 간절했다. 아들을 꺼낼 수만 있다면 그는 심장이라도 빼서 줄 것 같아 보였다.

세상의 어떠한 부모라도 그의 심정과 같을 것이다.

"그것을 확인하러 왔습니다. 어떻게든 창수를 밖으로 빼내겠습니다. 그렇다면 사업자금을 조금만 대주십시오."

상두의 이제야 이곳에 온 목적을 이해했다. 그 목적은 바로 자금을 구하는 일이었던 것이다. 더불어 실의에 빠진 친구도 구하는 것이다.

창수 아버지의 표정이 심각해졌다.

철진의 이야기가 농담이 아닌 것으로 보였기 때문이었다.

"정말로 철진을 꺼내줄 수 있니?"

"어떻게든 해봐야죠. 사업자금도 자금이지만 친구 놈이 저렇게 있는 꼴은 저도 못 보겠습니다."

창수 아버지는 고개를 끄덕였다.

그렇게만 해준다면 정말로 억만금이라도 줄 수 있을 것이다. 아니, 팔다리라도 잘라줄 수 있을 것이다.

자식이 저렇게 자신 속에 갇혀 나올 줄을 모르니 오죽 답답하겠는가.

"그럼 저희는 이만 가보겠습니다."

철진이 자리에서 일어났다. 상두 역시 의아한 듯 자리에서 일어났다.

"왜 가려고? 밥은 같이 안 먹고?"

"사업을 시작했으니 바쁩니다. 특히 이 친구가 사장을 할 거라서 더 바쁘다네요."

상두는 어색하게 웃음을 보였다.

어쩔 수 없이 그들은 상두와 철진을 붙잡지 않았다. 하지만 다시 쓸쓸히 내외만 식사를 할 생각을 하니 기분이 좋지 않은 것도 사실이었다.

밖으로 나온 상두는 계속해서 철진을 바라보았다.

"사업 자금 때문에 온 거냐, 친구를 구하러 온 거냐?"

상두의 물음에 철진은 웃으며 대답했다.

"둘 다."

철진의 구슬픈 말에 상두는 고개를 끄덕였다. 상두라도 저런 친구는 구하고 싶을 것이다.

"그나저나 네 친구 어쩌다가 저렇게 된 거야?"

"머리가 좋은 친구였지. 특히나 여러 가지 발명품을 만드는 것을 좋아하는 친구였어. 하지만 그 녀석의 작품은 대학에 들어가는 데 아무런 소용이 없더라. 내가 보기에는 아주 좋은 발명품이었는데 다른 사람들에게는 아니었나 봐. 덕분에 대학 입시에 실패하고 저렇게 된 거야."

상두는 알겠다는 듯 고개를 끄덕였다. 자신의 능력을 세상에서 알아봐 주지 않는다면 인간은 실의에 빠질 수밖에 없었다.

게다가 어린 나이에 그런 시련을 겪었다면 더욱더 힘들었을 것이다.

"그런 이유 때문이었군."

"그래, 어떻게든 친구를 구해내고 싶어. 분명히 우리 사업에도 충분히 써먹을 수 있는 친구일 거다. 재능이 엄청난 친구니까."

"흠……."

상두는 생각에 잠겼다.

아무래도 무언가 해결책을 강구하는 것 같았다. 정말로 재능이 출중하다면 쓸 만할 것이다.

게다가 보안업체다 보니 무기가 아닌 무기가 필요하다.

우리나라에서 그런 것을 구하기는 힘들고 새로 고안해 만들어내는 것도 한 방법이다.

　"창수라는 친구를 세상 밖으로 나올 수 있게 하는 방법을 알 것 같다."

　상두의 말에 철진은 눈을 크게 떴다.

　"그게 뭔데??"

　"비밀."

　철진의 물음에 상두는 웃으며 대답해 주지 않았다.

　하지만 그는 분명히 방법을 알고 있었다. 대륙에 있을 때에도 이런 실의에 빠진 사람들을 구해준 이력이 그는 분명히 있었던 것이다.

CHAPTER **07**
은둔형 외톨이

상두는 철진과 함께 다시 일산을 찾았다.

　그는 아직까지 창수를 어떻게 회복시킬지 말하지 않았다.
덕분에 철진은 궁금해 미칠 것만 같았다.

　그들이 다시금 방문하자 창수의 부모님들은 반가워했다.

　혼자서 지내는 아들에게 친구들이 다가오는 것은 그리 나
쁜 것이 아니었다. 그에게는 어쩌면 꾸준한 자극이 필요할지
도 모른다.

　상두는 이제 철진의 안내도 없이 바로 창수의 방문을 열었
다.

"네가 창수냐?"

상두는 다짜고짜 방의 불부터 켰다.

그러자 창수는 눈을 부스스 뜨고는 상두를 노려보았다.

"불 꺼."

"어? 말 잘하잖아."

상두는 그의 옆에 넉살좋게 쭈그리고 앉았다.

"이야……. 이 도면 네가 만든 거냐? 엄청나잖아."

상두는 PC화면에 떠 있는 도면을 보며 탄성을 질렀다. 그러자 창수는 PC화면을 껐다.

"너 철진이 친구지……?"

상두는 고개를 끄덕였다.

"누구 마음대로 여기에 들어오래. 이곳은 나만의 세상이야."

상두는 그의 말을 무시한 채 벌떡 일어나 창문의 커튼을 열어 재꼈다. 따스한 햇볕이 들어올 줄 알았지만 아니었다.

"뭐야, 창문도 선팅되어 있잖아."

상두는 창문도 열어 버렸다. 어두우면 사람은 더욱더 감성적으로 변해 이성적인 생각을 하지 못하게 된다.

"뭐야, 너. 왜 내 방을 네 마음대로 하는 거야."

"밖을 좀 보라고. 얼마나 탁 트여 있는데. 이렇게 좁은 방 구석에 있다 보니 생각도 좁아진 거야."

상두의 말에 그는 일어나 창문을 닫았다.

"왜 이러는 거야? 꼰대가 나를 꺼내놓으면 뭐라도 준다고 하던가?"

창수의 물음에 상두는 눈을 크게 떴다. 그러더니 히죽 웃으며 대답했다.

"이야, 어떻게 안 거야? 너를 꺼내놓으면 억만금도 주신다더라. 방구석에 처박힌 별 볼일 없는 아들인데 말이야. 너희 부모님도 참 어리석으신 거 같네."

"이 새끼가! 말이면 단 줄 알아!!"

창수는 상두의 얼굴을 주먹으로 후려쳤다!

그 역시 부모님을 욕하는 것은 참을 수가 없었던 것이다.

하지만 상두는 주먹에 맞아도 아무런 미동도 하지 않았다. 아무리 그의 주먹이 약하다고 하더라도 마치 무쇠를 내려친 기분이었다.

"자극에 반응하는 것 보니까 아직 완전히 자기 세계에 갇힌 건 아니구나, 이 겁쟁이야."

상두의 도발에 그는 더욱더 화가 난 듯 주먹질을 해댔다. 상두는 그 주먹을 모두 맞아주었다.

지칠 때까지 내려쳤다. 주먹이 얼얼해질 때까지 내려쳤다. 하지만 그런다고 기분이 나아지는 것은 아니었다.

"시원하냐? 성질을 부리니 시원하냐?"

상두는 맞은 것이 아무렇지 않은 듯 물었다.

상두의 눈은 어른의 눈빛이었다. 하지만 다른 어른들처럼 실패자를 보는 경멸의 눈빛은 아니었다.

동정을 보이는 그런 눈빛이 아니었다.

모든 것을 이해한다는 눈빛…….

"아니……."

창수는 털썩 주저앉았다.

"시원하지 않아."

시원할 리가 없었다. 남의 원망하고 남을 저주한다고 해서 그의 상태가 나아지지는 않으니까.

그의 말에 상두는 웃음을 보였다.

"그럼 나가면 되잖아."

상두의 말에 그는 고개를 절레 흔들었다.

"나가봤자, 그래 봤자야……. 모두들 나를 무시할 테니까. 어머니도, 아버지도… 나를 무시하는 눈빛을 보낼 뿐이야. 저 불쌍한 놈, 저 불쌍한 놈……. 악!"

순간 그의 볼로 손바닥이 내려쳐졌다.

"뭐야!"

창수는 깜짝 놀랐다. 놀라움이 지나가니 아프다. 굉장히 아프다.

화도 나고 정신도 번쩍 드는 것 같아 상두를 올려다보았다.

"응석 그만부려. 아직 인생을 제대로 시작도 못해본 놈이 무슨 피해자 행세야."

상두의 말에 그는 멍하니 그를 바라보았다.

그는 무언가 만지기 시작했다. 그것은 어설픈 총기 모양의 물건이었다.

"야, 그거 함부로 만지지마! 그건 끈끈한 액체를 발사하는 무……."

하지만 상두는 방아쇠를 당겼다.

"기……."

퍼벙 하는 소리와 함께 총구에서 무언가 끈끈한 액체가 뿜어져 나왔다.

그것은 PC에 직격했고 충격으로 PC는 벽으로 날아가 떡하니 붙어버렸다.

그 모습이 마치 게임에 나오는 슬라임이나 블랍을 보는 것만 같았다.

"이야……! 이거 대단한데? 이런 것을 혼자서 어떻게 만든 거냐?"

상두의 물음에 그의 얼굴에 화색이 돌았다.

"내 발명품에 관심을 가져주는 거냐?"

"그래, 이 정도면 내 사업에도 쓸 수가 있겠어."

"사업?"

"철진과 내가 함께하는 사업이지. 이정도 무기의 위력이라면 충분히 사용할 수 있겠어."

"하지만… 쓸데없는 물건일 텐데……."

"쓸데없다고 이게???"

상두는 의아한 듯 벌떡 일어났다.

"따라나와. 이 물건이 얼마나 뛰어난 것인지 내가 보여주겠어."

상두는 방밖으로 나갔다. 하지만 창수는 그렇지 않았다.

"난… 못 나가……. 무서워……."

그는 주저하고 있었다.

몇 년을 방 안에 갇혀 있었다. 나가지 못하는 것도 당연하다.

하지만 방 안에 갇혀 있던 세월보다 밖에서 거닐던 세월이 더 길다.

용기만 낸다면…….

조금만 더 용기를 낸다면 자신의 틀을 깨고 밖으로 나갈 수 있을 것이다.

지금 그에게 필요한 것은 조금의 용기였다. 상두의 관심으로 그는 조금의 용기가 솟아났다.

"그래? 그럼 나 혼자서라도 이 물건 성능을 실험해 볼 거야. 궁금하지 않아?"

상두의 말에 창수의 몸이 부르르 떨렸다.

궁금했다.

그가 만든 발명품의 성능이 미치도록 궁금했다.

"그리고 좋으면 내가 특허출원할 거야. 그래도 되는 거냐?
네가 만든 건데? 이렇게 대단한 물건을 만든 건 넌데?"

상두의 도발.

더 이상 참을 수 없었다.

자신이 만든 물건이 인정을 받았다.

하지만 그것을 인정한 사람이 빼앗을 것이다. 또다시 그는
아픔을 겪을 것이다.

"싫어……!"

그의 발이 문지방을 넘었다.

그리고 그 순간 방 밖에서 조용히 문을 바라보고 있던 그의
부모의 눈동자가 커다래졌다.

그토록 기다리던 자식이 밖으로 나왔다. 이 사실에 어머니
는 이미 눈물을 흘리고 계셨고, 아버지는 눈시울이 붉어졌다.

"거봐, 나올 수 있잖아. 나올 수 있어."

상두의 말에 창수는 멍하니 정면만 응시했다.

"내가 나왔다… 내가……."

부모님들이 달려왔다. 그리고 그를 안고 오열했다.

"어떻게 한 거야?"

철진의 물음에 상두는 쉽사리 대답했다.

"지금 창수에게 필요한 건 위로가 아니었어. 너무 틀어박혀 있고 실패만 거듭했다고 말하니 더욱더 의기소침해졌지. 지금 그에게 필요한 것은 인정이었다. 동정 받으며 인정받지 못한다는 생각이 지금 그를 이렇게 어두운 곳에 가둔 거야."

철진은 고개를 끄덕였다.

너무도 당연한 말이었다. 하지만 아무도 이 당연한 것을 실천해 주지 않았다.

실패했다고 위로하고 동정하고.

친구라고 했던 철진 그 역시 창수를 위로만 할 뿐이었다. 그가 하는 일에 관심을 가져주고 인정해 주려는 노력은 하지 않고 있었다.

창수는 대충 씻고 상두와 철진과 함께 밖으로 나갔다. 공터에서 이 물건의 성능을 실험해 보려는 것 같았다.

"파워는 그리 강하지 않아. 집 안에서 실험하려다 보니까 말이야. 액체의 강도도 아직 제대로 실험하지 않아서 어느 정도인지 잘 모르겠어. PC를 벽에 붙여 버리는 것으로 봐서는 꽤나 강도가 있는 것 같은데……. 좀 더 실험을 해봐야 할 것 같아."

그의 설명도 듣지 않고는 상두는 어디서 구해왔는지 사람 머리 크기만 한 돌덩어리를 들고 왔다. 그러고는 훌쩍 던졌다.

"야, 쟤 왜 저렇게 터프하고 힘이 좋냐?"

"몰라, 무슨 운동한다고 들었는데 힘도 좋고 게임 캐릭터 보는 거 같다야."

철진과 창수는 수군거렸다.

던진 돌이 어느 정도 포물선을 그리자 상두는 발명품의 방 아쇠를 당겼다!

다시 퍼벙 하는 소리와 함께 약간의 반동을 보이며 액체가 뿜어져 나갔다.

뿜어져 나간 액체는 돌덩이를 덮쳤다!

땅으로 떨어지려던 돌덩이는 그대로 직선으로 날아가 벽에 살짝 붙었다.

중력의 영향으로 조금씩 아래로 내려오는 것 같더니 금세 굳어져 움직임이 멈췄다.

"이거 정말 대단한데?"

상두는 감탄을 연발했다.

철진을 위해 립서비스를 하는 것이 아니라 정말로 성능에 감탄하고 있었다.

처음에는 솔직히 그렇게 기대하지는 않았다. 하지만 정말로 실전에 바로 사용되어도 좋을 정도였다.

"파워도 좋고, 무엇보다 결박력이 참 좋다."

상두의 말에 창수는 어깨가 펴졌다. 자신의 발명품이 완전하게 인정을 받은 것이었다.

"액체는 거의 완벽하네. 만들기 어려운 거야?"

상두는 발명품을 창수에게 내밀었다. 그는 그것을 받아 쥐고는 대답했다.

"아니 그렇게 어렵지 않아. 다만 돈이 좀 들 뿐이지."

"뭐, 돈은 내가 보태주지. 이것과 같은 물건 두 개 더 만들 수 있어?"

"그건 왜?"

"이제 임상실험에 들어가야 하지 않겠어?"

"임상실험?"

임상실험이라니. 도대체 이 물건을 어떠한 것에 사용하려는지 궁금한 두 사람이었다.

하지만 상두는 제대로 알려주지 않았다.

"그것을 다 완성하고 나면 알 수 있을 거야."

상두는 의미심장한 말을 남기고 두 사람에게 어깨동무했다.

"이제 두 사람은 내 회사의 중역이다. 내가 채용했으니까 스카웃 제의가 와도 떠나면 안 된다. 그럼 죽을 줄 알아."

상두의 말에 철진과 창수는 웃음을 보였다.

특히나 창수는 그의 실력을 인정받아 더욱더 기분이 좋

았다.

이제 어두움 속에 더 이상 갇혀 지내지 않아도 될 것이다.

                    *   *   *

"상두야, 괜찮을까?"

철진은 어깨에 발명품을 메고 있었다. 하지만 그래도 그는 무척이나 두려운지 벌벌 떨었다.

"괜찮아. 이 슬라임건이 있잖아."

상두는 이 발명품을 슬라임건이라고 불렀다.

내장된 액체가 발사되며 사람을 에워싸는 것이 마치 슬라임 같다고 해서 붙인 이름이었다.

블랍건도 명칭 물망에 올랐지만 어감이 좋지 않다는 이유로 슬라임건이 되었다.

"아무리 그래도 상대는 폭주족이잖아."

아무래도 상두가 임상실험이라고 한 것은 폭주족에게 하려는 것이었다.

싸움이라고는 해본 적도 없는 철진에게 폭주족은 무서운 것일 수밖에 없었다.

"난 머리를 쓰는 일이 전문이란 말이야. 이런 건 취미없어."

철진의 우는 소리에 상두는 그의 어깨를 툭툭 치며 위로했
다.

"여차하면 내가 다 박살 낼 수 있으니까 걱정하지 마."

"그게 위로가 되냐?"

철진의 말에 상두는 호탕하게 웃을 뿐이었다.

철진은 그저 인상을 찌푸렸다. 마치 요령없는 상사를 아래
의 직원 같은 모습이었다.

"뭐… 재밌을 것 같은데?"

창수는 오히려 더 즐거워했다.

며칠이 지났는데도 은둔형 외톨이의 모습은 완전히 사라
져 있었다.

어쩌면 은둔형 외톨이 때 못해본 것들을 모두 해보겠다는
의지표명인지도 모른다.

"그래도 폭주족들을 건드린다는 건 좀……. 게다가 지금
네가 선택한 애들은 십대 애들이 아니야. 전부다 이십대 애들
이지."

철진의 말에 상두는 풋 하고 웃어 버렸다.

"이십대면 뭐? 나이가 중요한 게 아니야. 우리에게 중요한
건 임상실험을 해야 한다는 거야.

그들이 향한 곳은 새로 개통된 도로였다.

역시나 개통된 지 얼마 되지 않아 차들이 많이 다니지 않

왔다.

하지만 이곳은 오토바이를 몰기 좋아 폭주족들의 놀이터가 되어 버렸다.

덕분에 공사를 더 이상 진행하지 못하고 있었다.

시에서도 이들을 어떻게 몰아낼지 고민일 정도였다. 그러나 워낙 기민하고 조직적으로 움직여 단속이 쉽지도 않았다.

상두는 성큼성큼 걸어갔다.

"저기 보인다."

역시나 저 멀리서 여자를 뒷자리에 끼고 오토바이를 타는 한심한 작자들이 보였다.

시끄럽게 음악을 켜놓고 시끄럽게 광란의 질주를 계속하고 있었다.

상두는 기민하게 몸을 움직이며 그는 품에서 손전등을 꺼내서 흔들었다. 그들의 시선을 끌기 위해서였다.

역시나 상두를 발견한 오토바이가 상두일행을 향해 달려든다.

아마도 자신의 영역에 침범했다고 겁을 주려는 것이었다. 하지만 그런 것으로 겁을 먹을 상두가 아니었다.

"겁먹지 마. 내가 신호하면 방아쇠를 당기는 거야."

침착하게 떨고 있는 두 사람을 안정시키는 그였다.

상두의 말에도 그들은 제대로 정신을 제대로 차릴 수가 있는 상황이 아니었다.

"지금이야, 쏴!"

거의 소음도 없이 액체가 발사되었다.

약간의 반동만 있을 뿐이었다.

날아간 액체는 슬라임처럼 오토바이에 올라탄 이들을 공중으로 띄웠고 그대로 땅으로 떨어져 붙어 버렸다.

그 성능을 확인한 철진과 창수도 빠르게 방아쇠를 당겼다. 자신감이 생긴 것이다.

"뭐, 뭐야!!"

폭주족들은 당황했다.

마구 쏟아지는 반 젤라틴 액체에 모두 휩싸인 것이다. 얼마나 단단하며 끈적거리는지 그들은 움직일 수가 없었다.

"성능 좋은데……? 언제나 하는 말이지만 이 정도면 괜찮을 것 같은데?"

상두는 슬라임건의 성능에 만족, 아주 대만족이다.

"으아아……!"

철진이 당황했다.

저 멀리서 오토바이 십여 대가 마구 달려오기 때문이었다. 선발로 온 자들이 당하는 소리를 그들도 들었던 것이다.

"걱정하지 마. 저 새끼들 사람은 못 죽여."

창수의 말에 상두는 고개를 끄덕였다.

"사람을 죽일 정도의 담력을 지닌 놈들이라면 저렇게 몰려다니지도 않지."

"하지만 맞으면 아프잖아."

"그런 걱정 따위는 하지도 말고 슬라임건 준비나 해."

"아직 충전이 덜 됐어."

철진의 불안한 음성.

슬라임건의 손잡이 바로 위의 액정에서 붉은 불이 들어왔다.

슬라임건의 액체가 제대로 발사되려면 일종의 충전 시간을 거쳐야 했다.

"으아, 으아……."

철진은 있는 대로 긴장을 했고, 오토바이가 다가올수록 여유를 보이던 창수도 두려움에 떨었다.

"됐다!"

삐익 소리와 함께 액정의 푸른빛이 다섯 개 모두 들어왔다. 상두의 슬라임건이 먼저 충전이 된 것이다.

"당해봐라, 이 자식들!"

상두가 방아쇠를 당기자 달려오던 오토바이 중 한 대의 운전자가 맞고 공중에 떠오르더니 다시 땅바닥에 붙었다.

"시작해!"

상두의 말과 함께 철진과 창수는 방아쇠를 마구마구 당

졌다.

슬가임건의 액체가 모두 떨어질 때쯤 십수 명의 폭주족은 모두 땅에 붙어서 신음하고 있었다.

상두가 그들에게 다가왔다.

"야 이 새끼야! 이거 빨리 풀어줘!"

그들은 상두에게 외쳤다. 하지만 상두는 그들을 풀어줄 생각 따위는 없었다.

"휘발유로 지우면 없어지니까 알아서들 해."

상두는 쓰러진 그들에게 그렇게 말을 남겼다.

그때 번쩍하고 플래시가 터졌다. 휴대폰으로 그의 사진을 찍은 것이다.

"너 이 새끼… 넌 이제 뒈졌어. 우리 보스한테 사진 전송하면 넌 그냥 죽는 거야."

"그러든지."

상두는 의외로 사진에 대해서 별 신경을 쓰지 않았다. 이에 철진은 인상을 찌푸렸다.

상두의 머리에 무슨 생각이 들어 있는지는 모르겠지만 지금의 상황은 굉장히 위험하다. 하지만 그가 다른 말을 하지 않아서 철진도 입을 열지는 않았다.

그들을 처리하고 사람들이 인적이 조금씩 보이는 곳까지 나아온 상두 일행.

상두는 슬라임건에 대해서 품평을 했다.

"생각보다 충전 때문에 시간이 조금 많이 걸리네. 그것만 보안하면 완전한 물건이 되겠어."

충전 시간이나 슬라임건 자체의 강도나 여러 가지 세부적인 것만 튜닝한다면 완벽해질 것 같았다.

소음이나 반동은 거의 제대로 잡아서 사용하는 데 어려움이 없을 정도였다.

"그런데 왜 폭주족들을 택한 거야? 동물들을 이용해서 실험하는 편이 더 좋았을 텐데."

"우리 업체 등록했다."

상두의 말에 그는 의아했다. 아직 시작도 안 했는데 무슨 등록이란 말인가?

"김동현 의원이라고 알아?"

상두의 말에 모두들 고개를 끄덕였다.

김동현 의원이라면 야당의 거두가 아닌가.

그런 사람이 왜 상두의 입에서 흘러나오는 것인지 알 수가 없었다.

"나 그분과 잘 아는 사이야. 고등학교 동창의 아버지거든."

모두들 눈을 크게 떴다. 상두가 의외로 발이 넓었다.

이 정도면 넓은 정도를 넘어선 것이다.

이십대의 청년이 국회의원과 연줄을 닿을 수 있는 일이 얼마나 있겠는가?

"그분의 도움으로 시하고 계약을 맺었다. 물론 표면적으로 드러난 그런 계약은 아니야. 시가 사설 업체와 계약해서 폭주족을 처리했다는 말이 돌면 인권문제 등 여러 가지 문제가 생길 테니까. 덕분에 너희에게도 알리지 못했다. 미안하다."

상두의 설명에 모두 고개를 끄덕였다. 사업의 첫 시작이 시를 위한 일이라는 것에 그들은 가슴이 두근거렸다.

이렇게 큰일이라고 생각은 하지 못했던 것이다.

*　　　　*　　　　*

"이 새끼란 말이지?"

오토바이 위에서 담배를 피우고 있는 한 사내.

약간은 우직해 보이는 그는 스마트폰을 바라보며 이죽거렸다.

굉장히 기분이 나쁜 상태였다.

"네, 형님. 이놈입니다."

머리를 모두 밀어버린 한 남자는 그에게 우는 소리를 냈다.

그는 지난번 상두에게 당한 그 폭주족 중 하나였던 것이다. 당시의 상황을 생각하며 울분을 토해낸 것이다.

"그 새끼 때문에 머리카락 다 밀어 버린 거 생각하면……."

그는 울먹였다. 슬라임건의 슬라임 용액 때문에 온몸의 털을 다 밀어 버려야 했던 것이다.

"병신들!"

그는 스마트폰을 집어 던졌다.

파삭하는 소리로 부서지는 스마트폰!

스킨헤드의 부하가 눈을 크게 떴다. 울먹이는 것이 이제는 거의 울 것 같아 보였다.

"보스, 그거… 아직 약정이 20개월이나 남은 폰이란 말이에요……."

"그게 지금 중요하냐. 폭풍단의 위신이 바닥까지 떨어졌는데!"

그는 담배를 다 피고는 다시 입에 물었다. 담배를 피워야만 진정이 될 것만 같았다.

"그거쯤은 내가 사주마!"

그는 큰 소리로 외쳤다.

앞뒤 사정은 전혀 가리지 않는 성격대로 하는 사람 같아 보였다.

전형적인 폭군 스타일.

그런데도 사람들은 그를 따랐다. 왜냐면 그는 오토바이를 잘 타고 또 강했다.

어떠한 폭주족들도 그를 막아설 수 없었고, 또한 조폭들 또한 그가 무서워 그의 영역으로 들어설 수가 없었다.

그 정도로 강력한 카리스마가 있는 사람이었다.

그런데 명성에 금이 갔다.

아무것도 모르는 애송이들이 그의 조직에 커다란 상처를 준 것이다.

이대로 둔다면 지역에서 고개를 들 수가 없었다. 그를 경외하던 자들에게 웃음거리가 될 것이다.

"애들은 풀었나."

보스의 물음에 스킨헤드의 폭주족은 고개를 끄덕였다.

"그럼 기다리면 되겠군."

그는 덜 핀 담배를 와그작 씹고는 바닥에 뱉어버렸다.

"난 집에 가볼 테니까 애들 관리 잘해 놔라."

그렇게 말하고 오토바이를 몰고 이동했다. 그의 오토바이 운전 실력은 기민하고 좋았다.

좋은 정도가 아니었다.

시속 백 킬로미터가 넘는 속도에서도 차들을 쉽사리 피해 다니고 있었다. 신기에 가까운 실력이었다.

이런 실력은 선수들도 따라하지 못할 것이다.

이 실력의 비밀은 역시 동체시력인 것이다.

그의 놀라운 동체시력은 이미 이 지역에서 유명했다.

놀라운 동체시력과 반응속도로 인해 덕분에 상대의 공격을 피하여 이겨낼 수가 있었던 것이다.

"어떤 놈인지 내가 아작을 내주마……."

그는 기분이 나빠졌는지 더욱더 속도를 올려 도로를 질주했다.

보스는 상두를 찾을 필요도 없었다.

지역에 있는 그의 식구들을 철저히 박살 내고 결국은 그를 치러 온다고 통보를 해온 것이다.

이미 그의 수하 반 이상이 병원에 실려 갔다. 하지만 보스는 두렵지 않았다.

"이곳은 내 영역이야……."

똥개도 그의 동네에서는 반은 먹고 들어간다고 했다. 아무리 그래도 홈 어드밴티지는 있을 것이다.

도로 건설 현장사무소에서 앉아 있는 그는 담배를 입에 물고는 여유를 보이며 의자에 앉았다.

밖에서는 그의 수하들의 비명 소리가 들려왔다. 죽이지는 않았는지 옅은 신음이 계속해서 들려왔다.

그는 그제야 자리에서 일어났다.

"주인공은 마지막에 도착하는 법이지."

여유로움이 가득 묻어 있는 채로 밖으로 나갔다.

"허어……."

얼굴에 묻어 있던 여유로움이 싹 사라졌다.

단 한 명의 남자가 수십 명이나 되는 그의 수하들과 대치하고 있었다.

아니, 그의 수하들을 모조리 쓰러뜨리고 있었다.

그러면서도 숨소리 하나 흐트러지지 않았다. 움직임도 전혀 무뎌지지 않았다.

"저렇게 싸우는 사람도 있었구나."

그는 공격을 절대 피하지 않았다. 그대로 맞서며 앞으로 나아갔다.

공격을 피하며 나아가는 그와는 완전히 다른 싸우는 방식이다.

'천재다!'

모든 분야에는 천재가 있다. 싸움계에서도 천부적인 천재가 분명히 있다.

지금 보스는 그런 천재를 보고 있는 것이었다. 여유롭던 그도 이제 조금은 긴장할 수밖에 없었다.

"보스!"

"보스다!"

"보스가 나왔다!"

그가 나타나자 수하들이 환호하며 모두 뒤로 물러났다. 공격하던 자도 뒤로 물러났다.

"네놈이었구나, 우리를 방해하는 놈이."

"그래, 내가 너희들을 괴롭혀 왔지. 그래도 통성명은 해야겠지? 난 박상두다."

상두의 여유로운 통성명에 보스는 씁쓸한 웃음을 보이며 대답하지 않고 공격 자세를 먼저 취했다.

"황장엽, 나이 25살."

그의 프로필을 상두가 읊자 보스, 황장엽은 놀라고 말았다.

"그걸 어떻게 알았지!"

"우리 쪽에 정보가 빠삭한 사람이 있어서 말이야. 그나저나 이제 폭주족 같은 것을 할 나이는 아닌 것 같은데? 배달이라도 해보는 게 어때? 그렇게 열심히 돈 벌 나이가 아닌가?"

상두의 이죽거림에 그는 화가 난 듯 식식 거렸다.

"나보고 배달이나 하라고!!"

폭주족들에게 가장 기분 나쁜 말이 배달이나 하라는 말이다. 심기를 제대로 건드린 것이다.

"배달이 뭐 나쁜가? 우리나라에 배달원들이 없다면 요식업이 망할 수도 있는데?"

상두의 계속되는 도발에 그는 빠르게 달려들었다.

상두는 그의 속도에 눈살을 찌푸렸다. 속도가 보통의 인간의 속도를 상회하고 있는 것이다.

그는 조금은 놀라고 말았다.

"죽어라!!"

황장엽은 빠르게 상두에게 주먹을 뻗었다.

강하지는 않지만 빠르고 날카로운 주먹!

상두는 그것을 피하지 않고 그대로 맞서며 주먹을 뻗었다.

황장엽의 주먹 속도보다 훨씬 빠르고 날카로웠다. 거기다 무게감까지!

'이걸 맞으면 죽는다!'

황장엽은 그렇게 빠르게 머리를 굴렸다. 그리고 엄청난 속도로 그의 주먹을 피했다.

'아니……!'

놀란 것은 상두도 마찬가지였다.

아무리 능력을 봉인해 두고 있다지만 그의 주먹을 피할 수 있는 인간이 이 세상에 존재하다니!

상두는 계속해서 공격을 했지만 모든 공격을 피하고 있었다.

그의 주먹의 속도는 육체의 한계 때문에 카논처럼 사용할 수는 없었다.

그의 육체의 한계의 임계점까지 끌어 올린 주먹을 계속해서 내질렀지만 통하지 않았다.

이대로는 죽도 밥도 되지 않을 것 같았다. 하지만 그도 인간이다.

분명히 계속해서 밀어붙이면 빈틈을 찾아낼 수 있을 것이다.

'뭐 이런 놈이 다 있어!'

황장엽 역시 당황한 것은 마찬가지였다.

지금 내지르는 주먹은 도저히 인간의 속도라고 볼 수 없었다.

그가 싸워왔던 사람들 중에 이렇게 강한 상대는 본 적이 없었다.

그도 아슬아슬하게 피하는 정도였을 뿐이었다.

상두는 지침을 보이지 않았다. 스태미나가 상당했다. 지칠 기색이 보이지가 않았다.

'이대로 가다가는 당한다!'

그의 예상대로였다.

상두는 그를 코너로 밀어붙이고 있었다. 이제 피하는 것도 어려울 정도의 코너에 몰렸다!

"잡았다!"

상두는 피해 다니던 그의 목을 잡아챘다.

"크윽 제길……!"

그는 발버둥쳤지만 풀려날 수가 없었다. 상두는 몸부림치던 그를 던지듯 바닥에 내려놓았다.

바닥에 주저앉은 황장엽은 한숨을 토하듯 말을 내뱉었다.

"졌다."

황장엽의 입에서 나오는 의외의 말.

상두는 눈동자가 커졌다.

이렇게 주먹으로 위치까지 오른 사람이라면 패배를 쉽게 인정하지 못한다.

"내가 졌으니까 이제 이 지역에서 우리 서클을 해산하겠다."

너무도 쿨하게 황장엽은 패배를 인정하고 있었던 것이다.

하지만 상두는 믿을 수가 없었다.

이런 식으로 사람을 안심시켜놓고 뒤통수를 치는 것은 전형적인 악당의 패턴이다.

"이봐, 만약에 정말로 해산하지 않고 또다시 일을 벌인다면 그때는 이렇게 끝내지 않아."

상두의 살기에 황장엽은 고개를 끄덕였다. 두려워하기보다는 정말로 패배를 인정하는 모습이었다.

"훗, 완전히 박살 날 줄 알았는데 이렇게 가는 건가?"

상두는 고개를 끄덕이고 뒤돌아섰다. 이미 패배를 시인했는데 더 이상 무엇이 필요하겠는가.

그때!

"으아아아아!!"

누군가가 달려들었다.

상두는 뒤로 돌아보았다.

나이프를 들고 달려드는 황장엽의 부하였다.

"어리석은 놈……."

상두는 그의 공격을 받아내려 준비하고 있었다. 하지
만…….

"이런 병신아!"

대신에 황장엽의 주먹이 그에게로 날아들었다. 그대로 바
닥에 쓰러지는 수하.

"끝까지 우리 클럽의 명성에 흠집을 내려는 거냐!!"

그의 으름장에 그는 고개를 숙이고 흐느꼈다.

그렇게 폭주족의 해산이 일단락 났다.

상두는 시청에 왔다.

지난번 폭주족 해결 건으로 보고 차 온 것이다.

시장까지 나와서 상두에게 감사하다고 이야기를 전했다.

시스템이 갖춰지면 시청 건물 전체에 상두의 보안을 맡기
겠다는 계약서까지 받아냈다.

성공 급여도 곧 통장으로 넣어준다고 했다.

드디어 한 건 올린 것이다.

상두는 기분 좋은 발걸음으로 나아갔다. 지금의 기분이라

면 날아갈 것만 같았다.

그때 휴대전화가 울렸다.

전화를 건 사람은 철진이었다.

"왜?"

상두는 전화를 받자마자 인상을 찌푸렸다. 수화기로 흘러 나오는 철진의 목소리는 거의 울먹이고 있었다.

─야, 상두야. 사무실로 그 폭주족들이 찾아왔어.

"알았어, 금방 갈게."

상두는 전화를 끊자마자 빠르게 뛰었다.

얼마 전에 열었던 사무실로 어떻게 알아냈는지 보복하기 위해 찾아온 것이라 상두는 판단했다.

분명히 그때는 쿨하게 넘어간 것인 줄 알았더니 역시 이런 속셈이 있었던 것이다.

"역시 그런 놈들은 안 돼……!"

상두는 주먹을 꽉 쥐고 빠르게 내달렸다.

"철진아!! 창수야!"

상두가 사무실 앞으로 뛰어오자 폭주족 서른 명 정도가 서 있는 것을 발견할 수가 있었다.

무장은 하고 있지 않았지만 풍기는 인상이 무척이나 위험했다.

상두는 그들을 향해 천천히 걸어왔다.

그들은 상두를 계속해서 노려보더니 갑자기 고개를 숙였다.

"보스!"

한목소리로 그렇게 말했다. 상두는 기겁했다.

"보, 보스라니……."

그가 당황하는 사이에 폭주족들을 헤치고 누군가가 나아왔다.

그는 황장엽이었다.

"보스 나오셨습니까!"

상두는 인상을 찌푸렸다. 아무래도 이 소동의 주모자는 이 황장엽이었던 것이다.

"내가 왜 그쪽 보스야?"

상두의 물음에 그에게로 다가와 다시금 고개를 숙였다.

그의 모습은 사뭇 진지했다. 장난은 아니었던 것이다.

"당연한 거 아닙니까. 저를 이겼으니까. 당연히 우리 서클의 보스는 당신입니다."

상두는 인상을 찌푸렸다.

그는 회사를 만들려는 것이지 폭력서클을 만들려는 것이 아니었다.

"필요없으니까 가."

상두는 그렇게 말하고 사무실로 향하려 했다.

그러자 황장엽이 무릎을 꿇었다. 나머지 인원도 모두 무릎을 꿇었다.

황장엽의 모습은 마치 대륙에서 알고 지냈던 기사를 보는 것만 같았다.

강한 자와 겨루고 싶어 안달이 나 카논과 대결했다 제압당했던⋯⋯.

그도 역시 황장엽처럼 이렇게 무릎을 꿇었었다. 그리고 지금처럼 카논의 강함을 동경하여 몇 년간을 그의 수족처럼 지내다 전사한 적이 있었다.

'이런 바보는 부담스러운데⋯⋯.'

그때의 기억이 떠오르는지 그는 인상을 찌푸렸다.

"일어나, 모두 일어나라고!"

상두의 으름장에도 그들은 일어날 생각도 하지 않고 그대로 있었다.

"저희를 받아주지 않으시면 일어나지 않겠습니다!"

황장엽의 말에 상두는 머리가 아픈 듯 매만졌다.

"골치가 딱딱 아파오는군⋯⋯."

아무리 보아도 황장엽, 그는 남의 말을 절대 들을 것 같지가 않아 보였다.

"후우⋯⋯."

상두는 생각에 잠겼다.

어차피 보안업체를 하려면 사람들이 꽤나 필요하다. 이렇게 많은 인원들이 와주면 당연히 좋은 일이다. 하지만 이들에게 월급을 줄 수가 없었다.

　"내 밑에 있는 것은 좋은데 아마도 일을 해야 할 거다. 하지만 그렇다고 아직은 월급을 줄 수는 없어. 일거리가 생기고 제대로 돈이 돌면 그때부터 월급이 나올 거다. 그래도 괜찮다면 받아주겠어."

　상두의 말에 황장엽은 고개를 끄덕였다.

　"그런 것쯤은 근성으로 버티면 됩니다! 우리얏!"

　"그런 이상한 의성어도 쓰지 말 것."

　상두는 그렇게 말하고 사무실 안으로 들어갔다. 벌써부터 골치가 아파오는 듯 머리를 매만졌다.

CHAPTER 08
재회

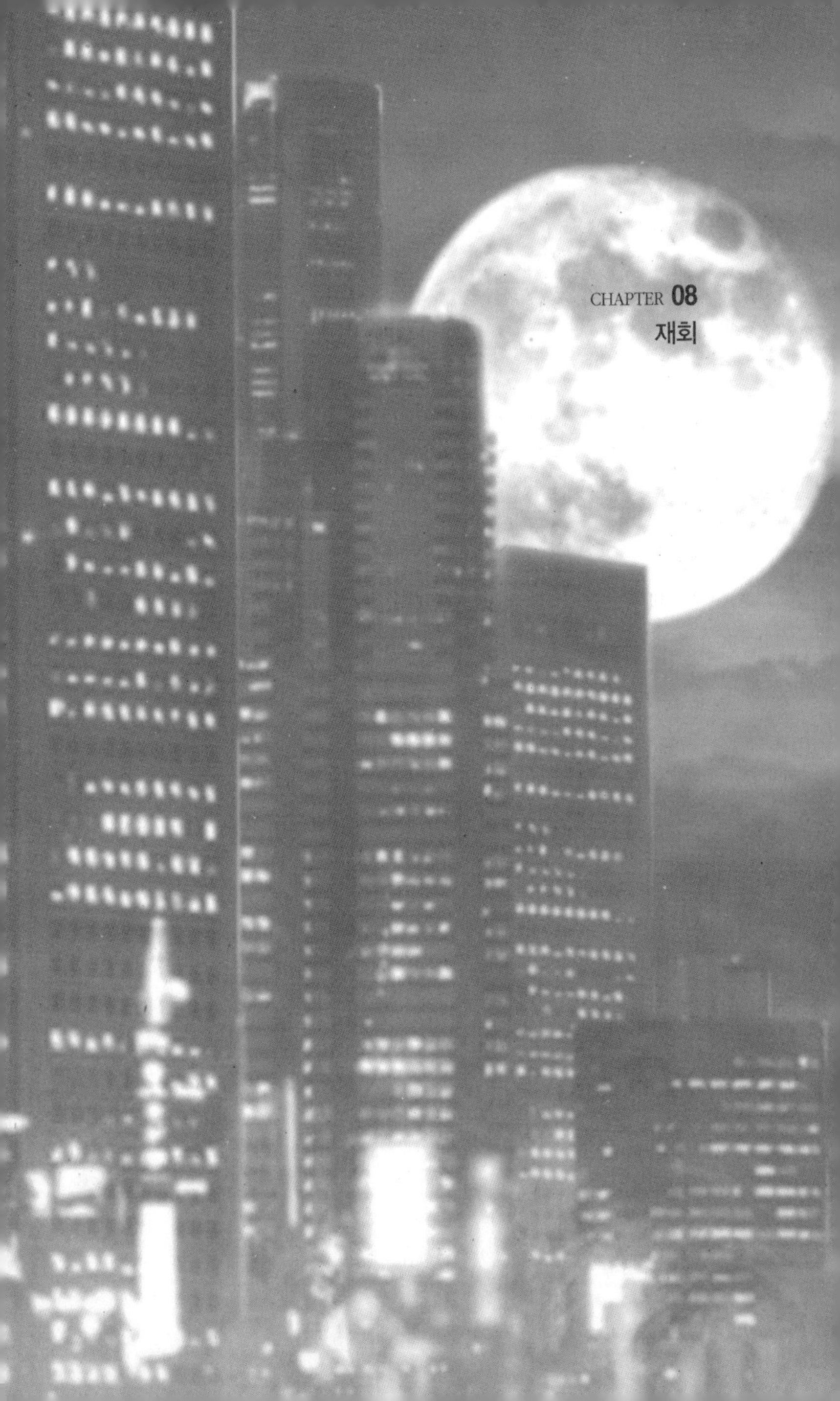

상두의 사업은 나날이 발전했다.

시를 경호하는 것 말고도 여러 곳과 계약을 따냈다.

거기다 다른 여타 경비 업체와는 다르게 개인 경호 사업도 시작했다.

개인 경호란 스마트폰 애플리케이션을 통해서 개인들의 위치를 알아내서 위험시에 곧바로 출동하는 것이다.

이런 시스템을 갖추려면 대기업 정도의 자금력이 동원되어야 할 수 있는 일이었다.

하지만 이런 모든 관리는 역시 철진이 해내고 있었다. 그는 언제나 서버실에 틀어박혀서 담배만 벅벅 피워대고 있었다. 그만큼 그의 능력은 천부적인 것이었다.

개인 경호는 호평일색이었다. 덕분에 주변 도시에까지 신청자가 줄을 이을 정도였다.

하지만 모두를 다 경호할 수는 없어 사람을 더 뽑는 중이었다.

만약에 황장엽 일파가 상두에게 귀의(?)하지 않았다면 밀어치는 계약을 모두 끊었어야 했을지도 모른다.

황장엽은 조금 부담스럽긴 했지만 그래도 든든한 상두의 조력자였다.

그의 이름을 듣고 돕기 위해 자원하는 사람들도 꽤나 있었다.

회사의 이름도 정했다.

이름은 굿 디펜더.

어렵지 않게 정하다 보니 이렇게 쉬운 사명이 되었다.

사무실은 시 외각의 버려진 공장 건물을 싸게 매입해서 사용하고 있었다.

넓은 운동장도 있고, 건물을 조금만 개조하면 기숙사도 사용할 수 있어서 여러모로 유용했다.

이것도 김 의원의 도움으로 좀 싸게 구할 수가 있었다.

주변에 사람들이 있고 없고의 힘을 다시 한 번 느끼는 상두였다.

상두는 매일 아침 황장엽 일파를 훈련시켰다.

물론 그가 모든 것을 하지는 않는다.

훈련 가이드라인을 정해서 황장엽을 중심으로 열 명 단위로 나눠 조장을 세워놓았다.

상두는 그저 감시하는 정도였다.

훈련의 강도는 보고만 있어도 토가 나올 정도로 힘들었다.

특수부대의 훈련보다 더 강도가 강하다고 할 수 있을 정도였다.

그저 경비보안 업체의 직원이 저런 훈련을 견뎌야만 하는 것일까?

"도대체 이런 훈련은 왜 하는 거야?"

창수의 물음에 그는 웃음을 보였다.

"훈련을 해놔야 위급한 상황에서 제대로 대처할 수가 있지."

그래도 창수는 이해하지 못했다.

군대를 키우는 것도 아닌데 저렇게 혹독하게 훈련을 시켜서 얻는 결과가 무어란 말인가.

하지만 상두가 이렇게 철저히 훈련시킨 결과 꽤 좋은 성과를 얻을 수 있던 것도 사실이었다.

개인을 지키는데 있어서 저런 훈련은 필수적일 수 있었다.

게다가 공격을 가하지 않고 제압해야 하니 웬만한 유단자의 실력보다 더 나은 실력을 보유해야 하는 이유도 있었다.

그리고 상두는 앞만 보지 않았다. 이 업체를 통해서 더 먼 미래까지 바라보고 있었던 것이다.

상두의 머릿속에 있는 계획이 실행되려면 사원들의 강도 높은 훈련은 필수였다.

"우리는 그냥 경비 업체가 아니야. 곧 있으면 몇몇 국회의원도 우리 측에 경비를 맡길 거야. 그렇다면 그들을 경호했던 업체들보다 더 잘해내야 하지 않아?"

상두의 말에 고개를 끄덕였다.

그의 말이 맞기는 했다. 하지만 저 정도의 훈련은 좀 아니올시다라는 느낌이 드는 창수였다.

"나 내일쯤에 구미에 잠시 내려갈까 싶다."

"구미는 왜?"

"사업 확장을 좀 생각해 보려고. 그곳에는 공장이 많고 게다가 김 의원님 지역구니까 좀 더 쉽게 계약을 따낼 수 있을지 몰라. 우리가 대대적인 광고를 할 수 있는 처지는 아니니까 발로 뛰어야 하지 않겠어?"

"그래 어머니도 많이 좋아지셨다며? 한번 찾아봬야지. 같이 갈까?"

상두는 고개를 가로저었다.

"아니, 너는 새로운 도구 개발에 힘써줘. 그쪽 인원도 좀 확충해야 하는데 말이야."

폭력없이 제압하는 데에 창수의 발명품들이 많은 도움이 되는 것이 사실이었다.

이제 창수의 성격도 많이 달라져서 은둔형 외톨이였다는 것을 알 수 없을 정도로 건강해졌다.

"이럴 때에는 저 근육 바보를 데려가는 것이 편할 것 같아."

상두는 황장엽을 보고 눈짓했다.

창수는 상두의 말의 의도를 알아차리고는 풋 하고 웃음을 보였다.

황장엽에게 근육바보라는 별명이 아주 잘 어울렸다.

황장엽은 이렇게 웃음거리가 되는 것을 아는지 모르는지 훈련에 잔뜩 임하고 있었다.

"저 사람은 진짜 뇌까지 근육으로 되어 있는 것 같아."

창수의 말에 상두 역시 웃음을 보였다.

늘 생각 없이 행동을 먼저 하는 황장엽은 그렇게 보이는 것 같기도 했다. 하지만 그것의 그의 매력이었다.

이런 이들은 언제나 활달하고 분위기를 주도하는 경향이 있었다.

카논의 부하들 중에서도 이런 자들이 왕왕 있어 왔다. 덕분에 즐거웠던 적도 꽤나 있었다. 황장엽 역시 마찬가지였다.

모든 훈련을 마쳤다.

아주 미칠 듯한 강도의 훈련이지만 정작 훈련을 받는 자들의 얼굴에는 미소가 감돌았다.

이들은 모두가 거리의 출신들이었다. 언제나 사람들을 위협하고 아무렇게나 살아온 자들이다.

그런 자들이 이렇게 규칙적으로 훈련을 받고 남을 도우는 일을 하게 되었다. 덕분에 보람을 느끼는 것이 사실이었다.

게다가 상두는 늘 그들에게 잘 대해주고 힘을 준다. 절대로 멸시하지 않았다.

그런 점에서 그들은 상두를 깊이 따르고 있었다.

"오호, 보스!"

황장엽이 보고 반가운 듯 손을 흔들었다.

상두는 인상을 찌푸렸다. 보스라는 호칭이 마음에 들지 않았던 것이다.

현재 상두는 엄연히 기업체 사장이지 조직의 우두머리가 아니었다.

"사장이라고 말하라고 했잖아. 아니면 그냥 이름을 부르든지."

"어떻게 나를 꺾은 사람의 이름을 함부로 부르겠습니까.

당연히 보스라고 불러야지! 하지만 보스가 싫다면 사장이라고 불러주죠! 예이~!"

"내가 말을 말아야지……."

상두는 고개를 절레 흔들었다. 아무리 말해도 들을 인간이 아니었던 것이다.

황장엽은 뭐가 그리 즐거운지 일어나 방방 뛰었다. 강도 높은 훈련을 방금 마친 인간으로 보이지 않았다.

"황 형, 내일 구미 내려가는데 따라와야겠어."

"내가? 애들 훈련시키는 건 어쩌고."

"어차피 10명 단위로 조장을 세웠으니 큰 문제는 없을 거야."

"오호! 사장의 경호 담당인가!"

"이봐, 황 형. 내가 경호가 필요한 사람이야?"

상두는 인상을 찌푸렸다.

하지만 이내 웃음을 보였다. 기분이 크게 나쁘지는 않았다.

사람을 기분 좋게 만드는 에너지를 발산하는 사람이었다. 이런 사람이 곁에 있다면 더 많은 사람들이 모인다.

게다가 이 사람은 충성심도 있었다. 잘 이용하면 상두의 삶에서 둘도 없는 좋은 동반자가 될 수 있을 것이다.

다음날 상두는 구미의 공단들을 돌아다녔다.

김 의원의 지역구다 보니 소개받는 공장들이 꽤나 많았다. 하루 만에 모두 돌아볼 양이 아니었다.

며칠은 계속해서 발품을 팔아야 할 것 같았다.

김 의원은 삼성이나 LG같은 큰 공장도 소개를 해주려고 했지만 상두가 거부했다.

아직까지 그런 공장들을 인원부족 문제로 소화할 수가 없었다.

소화하지 못할 곳과 계약하면 오히려 역효과가 날 것이다.

덕분에 작은 규모의 공장을 몇 곳 소개받았다.

상두는 프리젠테이션 준비를 철저히 해서 사업을 설명하니 모두들 좋은 반응이었다.

게다가 동행한 황장엽의 넉살에 더욱더 분위기는 화기애애했다.

모두가 계약에 긍정적이었다. 그만큼 그의 사업은 매력적이었다.

모든 설명을 마치고 돌아가는 길.

"사장, 왜 접대 같은 건 안하는 거요?"

황장엽은 의아하면서도 약간 불만이 있어 보였다.

그는 접대에 약간의 기대를 하고 있었던 것이다.

고급 단란주점에서 양주를 마시며 여자를 끼고 노는 등……. 하지만 그것은 절대 상두가 좋아하는 타입의 일이 아니었다.

"접대는 직장인의 로망 아닙니까."

"로망은 무슨. 황 형, 나하고 다니면서는 그런 거 기대하면 안 돼."

상두는 딱 잘라 말했다. 하지만 황장엽은 못마땅했다.

분명히 그들은 접대를 원할 것이다. 이것은 이 나라의 관행이 아닌가.

"로망이 아니래도 접대를 하지 않으면 상대측에서 그리 좋게 생각하지 않을 텐데요."

황장엽의 말은 일리가 있었다. 하지만 상두는 인정할 수가 없었다.

그렇게 더러운 수로 사업을 키워 나가고 싶은 생각은 없었던 것이다.

"나는 그렇게 더럽게 하고 싶지 않아. 실력으로 승부하고 싶지."

상두의 말에 황장엽은 고개를 끄덕였다.

역시 상두다운 대답이었다. 하지만 그래도 불안함이 가시지 않는 것은 어쩔 수 없었다.

세상이 그리 호락호락하게 실력을 인정해줄까 싶은 것이

다. 게다가 지금 굿 디펜더는 인지도도 없는 회사가 아닌가.

"황 형, 미리 숙소에 가 있어요. 나는 가볼 곳이 있어."

"아, 부모님을 뵈러 가시는 겁니까? 저도 따라가야 되는 거 아닙니까? 난 보… 아니, 사장의 경호담당 아닙까!"

"됐네요. 내가 경호가 필요한 사람이야?"

상두는 그를 두고는 차를 몰아 이동했다.

"아! 사장!! 나는 숙소에 데려다 줘야 될 거 아닙까!!"

상두는 그를 뒤로하고 빠르게 차를 몰았다.

"이럴 때는 참 냉정하다니까."

황장엽은 스스로 알아서 모텔로 향했다.

상두는 차를 타고 대구의 요양 시설로 향했다.

사실 황장엽을 데리고 와도 되지만 그에게 이런 모습을 보이고 싶지 않았다.

언제나 사람들에게는 당당한 모습만 보여 주고 싶은 것이 상두의 자존심이었다.

상두가 향하는 곳은 마약이나 알코올에 중독된 사람들이 요양하는 시설이었다.

프로그램도 잘되어 있어서 완치되어 돌아가는 사람들도 꽤나 많았다고 들었다.

덕분에 상두의 아버지 또한 상태가 많이 호전되었다는 소식을 들었다.

상두는 지금 그의 아버지를 만나러 가는 길이었다.

시설은 산속 공기가 맑은 곳에 위치하고 있었다. 가만히 있어도 건강이 좋아질 것만 같은 그런 느낌이었다.

시설 수용인들의 가족들도 면회가 다른 곳과는 그리 어렵지가 않았다.

이것저것 제한을 두면 수용인들의 불만이 고조되어 오히려 치료에 역효과가 날 수 있다는 것이 원장의 지론이었다.

특히나 가족들은 보고 싶을 때 만나야 수용인들의 불만이 없다.

덕분에 많은 수용인들이 즐겁게 웃으며 지내고 있었다.

그 가운데 그의 아버지는 벤치에 앉아 상념에 잠겨 있는 듯했다.

그는 참회 중이었다.

가족에게 그렇게 못된 짓을 해놓았으니 이런 곳에서 참회는 것은 어쩌면 당연할지도 모른다. 하지만 그것이 참회한다고 되는 일인가.

참회보다는 가족들에게 먼저 손 내밀어 제대로 된 아버지의 남편의 모습을 보여야 할 것이다.

어떻게든 빨리 제자리로 돌아가기 위해 열심히 노력해야겠다는 다짐을 하는 상두 아버지였다.

원장의 안내를 받아 아버지가 있는 근처까지 온 상두.

상두는 슬며시 그 옆으로 앉는다.

"아버지……."

아버지는 그를 물끄러미 바라보더니 웃으며 대답했다.

"응, 상두 왔니."

시설로 들어오고 처음으로 면회 온 아들인데도 그는 놀라지 않았다.

마치 오늘 아침에 외출했던 아들을 맞이하듯 하는 아버지였다.

그의 눈초리에서 독기가 많이 사라져 있었다.

기름진 세상에 대한 욕심도 상당히 수그러진 것 같았다.

하지만 그만큼 많이 말라 있었다. 수전증도 아직 고쳐지지 않은 듯 손이 덜덜 떨려왔다.

상두가 내민 음료수도 힘겹게 잡고 있었다. 마약의 후유증은 이렇게 지독했다.

상두는 그 모습이 속상했다.

평생을 가족들에게 모진 짓만 했던 사람인데…….

결국은 가족을 버리고 도망쳤던 비겁한 사람인데…….

미워하면 미워해야지, 속상하면 안 되는 사람일 것이다. 하지만 이렇게 작아진 모습에 가슴이 아파왔다.

사실 상두의 기억으로는 아버지가 가족을 버리기 몇 년 전

사업이 잘될 때는 누구보다 좋은 아버지였다.

사업이 기울고 덕분에 가족도 기울게 된 것이었다.

두 사람은 별말이 없었다.

그저 한자리에 앉아서 지나다니는 사람들을 바라보고 있었다. 그 모습을 보며 웃기도 했고 한숨을 내쉬기도 했다.

한참을 그렇게 바라보던 상두는 일어났다.

"아버지 갈게요."

별말도 없었고, 안부도 묻지 않았다. 하지만 그런데도 아버지는 아무렇지도 않은지······.

"그래, 잘 지내라."

아버지도 인자한 웃음을 보이며 고개를 끄덕였다. 이렇게 아들이 찾아온 것만으로도 그는 마음이 따스해지는 것을 느낀 것이다.

이제는 어머니를 만나러 상두는 발걸음을 재촉했다.

몇 달 전까지만 해도 회복의 여부가 불투명한 상태였다. 화상도 심했고, 무엇보다 유독가스를 너무도 많이 마셨던 것이다.

하지만 이제는 상태가 많이 호전되어 일반병실에서 지내고 있는 상두의 어머니였다.

상두의 어머니답게 억척스러운 생명력을 지닌 것 같았다.

하지만 폐가 꽤나 손상되어서 천식이 생긴 것은 어쩔 수가 없었다.

병실에 도착하니 어머니는 상두를 바라보며 웃음 지었다. 4인 병실이었다. 상두는 그녀를 일인실에 모시고 싶었으나 쓸데없는 데 돈을 쓴다고 어머니에게 핀잔만 들었다.

"상두 오니."

어머니는 책을 읽고 있었다.

병실에 있으면서 그녀는 책을 많이 읽고 있었다. 그리고 여러 가지 자격증 공부도 하고 있었다.

아들이 열심히 일하고 있는데 자기가 언제까지 주저앉을 수만은 없었던 것이다.

퇴원을 하면 여러 가지 자격증을 따낼 생각이었다. 그래서 상두의 짐을 조금이나마 덜어줄 생각이었다.

"아버지 만나고 왔어요."

아버지라는 말에 어머니는 고개를 끄덕였다.

"그래, 그래야지."

아버지를 먼저 찾았다는 말에 그녀는 상두를 대견하게 여겼다. 아무리 뭣 같은 아버지라고 하지만 먼저 챙겨야 한다. 어쨌든 집안의 가장 큰 어른이 아닌가.

어머니와 여러 가지 이야기를 나누었다.

상두의 일과 주변에서 벌어지는 일, 특히 황장엽과 만난 이야기 등을 어머니께 해드렸다.

다음에는 친구들을 모두 데리고 오라고 말하는 어머니였다. 아들의 친구들을 보고 싶어 했다. 하지만 상두는 손사래를 쳤다.

분명히 다른 사람에게 피해가 줄 정도로 와자지껄할 것이라며 거부했다.

어머니는 무척이나 즐거운 듯 웃음을 보였다. 병원에서 오랜만에 즐거운 이야기를 나눈 두 사람이었다.

상두는 특히나 연락을 잘 안하는 사람이었다. 일이 바빠서이기 때문이긴 해도 어머니는 섭섭한 것이 어쩔 수가 없었다.

하지만 이렇게 찾아오니 섭섭함도 눈 녹듯 사라지고 없었다. 그것이 자식을 향한 어머니의 마음이었다.

"어머니, 저 갈게요. 공장 몇 군데 더 돌아봐야 할 것 같습니다. 시간 나면 다시 들를게요."

그의 말에 그녀는 고개를 가로 저었다.

"아니 그럴 필요 없다. 일을 마치면 바로 올라가. 바쁘잖니."

바쁜 자식에게 그녀는 짐이 되기 싫었던 것이다. 하지만 마지막 당부는 잊지 않았다.

"연락 좀 자주하고."

"네, 알았어요."

상두는 그렇게 두 어머니에게 꾸벅 인사하고 밖으로 나갔다.

숙소로 돌아가는 발걸음이 무겁다.

"언제까지 이렇게 흩어져 살아야 하나……."

이 세상에 와서 가족이라는 울타리를 가진 것은 상두에게 가장 큰 선물이었다. 그런데 그 가족이 모두 흩어져 살게 되었다.

가족이란 한 울타리에서 같이 밥을 먹고 같이 살아야 한다. 그럼에도 불구하고 이렇게 흩어져야 하는 것이 가슴이 너무도 아팠다. 상두는 한숨을 내쉬었다.

이렇게 만든 것은 바로 박경파와 이동민…….

"두 사람만은 용서할 수가 없어."

상두는 이를 꽈득 물었다.

일전에 분명히 호되게 그들을 벌하였지만 그들의 사과를 들은 것은 아니었다.

들리는 소문으로는 두 사람이 상두를 향해 이를 갈고 있다는 소리를 들었다. 하지만 상두는 신경 쓰지 않았다.

다시 상두에게 해를 가한다면 이번에는 완전히 주먹으로 박살 내버릴 것이다. 상두에게 있어서 가장 큰 재산은 바로 그 주먹이었다.

모텔까지 걸어가는 동안 우연히 박경파의 집 근처를 지나야 했다. 상두는 기분이 나쁜 듯 인상을 찌푸리며 발길을 돌려 멀리 돌아가려 했다.

그때 누군가가 그를 불렀다.

"박상두."

아는 목소리다.

너무나도 잘 아는 목소리다.

너무나도 잘 알아서 가슴이 아린 그런 목소리였다.

바로 수민의 목소리였던 것이다.

상두는 발걸음을 멈추었다. 무시하고 걷고 싶었지만 그의 발걸음이 떨어지지 않았다.

'가야 해⋯⋯.'

하지만 상두는 떨어지지 않은 발을 기어코 떨어뜨리고 앞으로 걸어갔다. 그녀를 무시한 채⋯⋯.

하지만 수민은 그를 따라왔다.

여전히 그녀는 끈질기다.

결국 그녀는 그의 어깨를 잡았다.

"어쩜 그렇게 모른 척 걸어 가냐?"

그녀의 목소리는 아무렇지 않았다. 굉장히 밝았다. 상두가 돌아보니 아무렇지 않다는 듯 웃음까지 보였다.

헤어진 이후로 반년 정도가 흘렀으니 이제 상처라 아물 때도 되었을 것이다.

상두도 접대용 미소를 보이며 그녀를 바라보았다.

"잘 지냈지?"

상두의 물음에 그녀는 고개를 끄덕였다.

그녀는 계속해서 과장된 목소리로 이야기했다. 대학이야기며, 새로운 남자 친구에 대한 이야기까지…….

상두는 가슴이 아려왔다.

그녀는 아무렇지 않은 것이 아니었다.

분명히 지금 그녀 역시 상두처럼 감정을 숨기고 있는 것이 틀림이 없었다.

그것이 상두의 가슴을 아려오게 만들었다. 그래도 그는 웃음을 잃지 않고 이야기를 들어주었다.

하지만 상두는 한마디도 하지 않았다. 그저 듣고만 있을 뿐이었다.

그가 이야기를 시작하면 분명히 박경파에 대해서 이야기를 하지 않을 수가 없었다.

그런 이야기를 꺼낸다면 수민은 더욱더 슬퍼질 것이다.

"그렇게 웃지 마……."

이야기를 잘 해내가던 그녀가 인상을 찌푸렸다.

"무슨 소리야?"

더 이상 상두의 접대용 미소를 받아줄 수가 없었던 것이다. 그녀 역시 과장된 목소리를 걷어냈다.

"왜 물건 파는 사람처럼 나를 쳐다보며 웃는 건데? 왜 모르는 사람 대하듯 하는 건데?"

그녀의 물음에도 상두는 그래도 웃음을 버리지 않았다. 그렇게 하지 않으면…….

"이러지 않으면 눈물이 날 것 같거든."

그래…….

눈물이 흐를 것만 같았다. 상두는 아랫입술을 깨물었다.

상두의 말에 그녀의 눈시울이 붉어졌다.

"우리… 다시 시작하면 안 돼?"

수민은 상두의 가슴을 후벼 파는 말을 했다. 하지만 그는 고개를 절레 흔들었다.

"안 돼……."

"왜 안 되는건데……? 아직 너도 나도 끝나지 않았잖아. 그럼 왜 우는 건데?"

기어코 흐른 상두의 눈물을 바라보며 수민이 말했다. 하지만 상두는 고개를 절레 흔들었다.

"아니, 끝났어. 난 네 아버지를 용서할 수가 없으니까."

상두는 그렇게 돌아섰다.

하지만 그녀는 상두를 잡지 않았다. 아니, 잡을 수가 없었다.

상두의 마음이 너무도 굳건했기 때문이었다.

　　　　*　　　*　　　*

　며칠간을 계속해서 공장들을 돌아다녔다.

　여전히 접대 같은 것은 하지 않았다.

　황장엽은 계속해서 투덜거렸다. 접대를 하지 않으면 분명 일을 그르칠 것 같기 때문이었다. 하지만 상두는 계속해서 똥고집을 부렸다.

　접대를 하지 않아서인가?

　며칠이 지났는데도 한 건의 계약도 맺어지지 않았다.

　물론 회사 대 회사의 계약이라는 것이 쉽게 성사되는 것은 아니었다. 하지만 이렇게 많은 공장들을 돌아다녔다면 한 군데라도 계약이 성사되어야 되지 않는가? 상두는 이해할 수가 없었다.

　전화가 왔다.

　번호를 확인하니 김 의원이었다.

　"예, 의원님."

　전화를 받은 상두는 인상이 굳어졌다. 계속해서 짧게 대답만 할 뿐이었다.

　황장엽은 그런 상두의 모습을 심각하게 바라보았다.

　"젠장……."

상두는 전화를 끊으며 읊조렸다.

"무슨 일입니까?"

황장엽의 물음에 상두는 한숨을 내쉬며 대답했다.

"공장들이 다 미안하지만 계약을 하지 못하겠다고 말했다는군."

"네에?? 이유가 뭐랬답까??"

"너무 거만하다는 이유라더군."

거만……

황장엽은 인상을 찌푸렸다. 그렇게 고개를 숙였건만 거만하다니! 그렇다면 이유는 한 가지뿐이었다.

"거봐요, 내가 접대하자고 했잖수."

그의 말에 상두는 고개를 끄덕였다.

깨끗하게 실력만으로 하려고 했지만 역시나 접대가 없으면 안 되는 것이었다.

사실 어느 나라도 접대가 없는 나라는 없다. 미국의 경우는 로비를 합법화하여서 오히려 우리나라보다 치열하게 접대를 한다.

"사장이 깨끗한 사람이라는 것은 나도 알겠슴다. 하지만 너무 깨끗한 물에는 물고기도 안 살아요. 사장만 깨끗하다가는 굶어죽기 십상이요. 세상이 더러운데 혼자서 깨끗하다고 살아남겠슴까?"

그의 말은 틀린 것은 없었다.

하지만 상두가 카논으로서 살아온 세월동안 한 번도 그런 더러운 짓을 해본 적이 없었다. 덕분에 정적도 많이 만들곤 했지만 그렇다고 해서 그런 뜻을 굽힌 적이 없었다.

그 세상은 그런 것이 통하는 곳이었다. 그래도 순박했고, 정의가 어느 정도 통하는 세계였다. 하지만 이 세상은 그곳과는 달랐다.

그렇기에 황장엽의 말이 틀리지 않다는 것이다.

"게다가 사장은 혼자 몸이 아님돠. 벌써 휘하에 직원들만 백 명에 가까워요."

그렇다.

그는 혼자서 나아가는 사람이 아니었다. 직원들을 거느리고 사업을 하는 사람이다. 그렇다면 자신의 자존심은 조금이라도 구기는 것은 당연한 것일지도 모른다.

"일단 돌아가자."

"포기할 검까?"

"포기하는 게 아니야, 황 형. 이보 전진을 위한 일보 후퇴를 하는 거지."

"캬~! 역시 사장의 말은 멋있슴다."

상두는 그렇게 사무실로 돌아가야만 했다.

그는 구미에서 타던 렌트카를 반납하고 ktx를 타고 갔다.

가는 길이 그리 기분이 좋지가 않았다. 한가득 기대를 하고 갔지만 좋은 결과가 나오지 않았던 것이다.

"이제부터 접대는 내가 하겠습돠. 그런 거 잘할 자신있으니까."

황장엽의 말에 그는 고개를 끄덕였다. 계약 등 중요한 것은 자신이 하더라도 접대상무를 따로 두는 편이 더 좋을 것 같았다.

어쩌면 그런 일에는 이 황장엽이란 인물이 가장 적합할 것 같았다.

가는 길이 지루했다. 태블릿PC라도 철진에게 빌려서 가져올 것을 후회하는 중이었다.

이럴 때는 역시 잠드는 게 최고다. 상두가 눈을 붙였다.

그 옆으로 누군가가 스쳐 지나갔다.

꽤나 아름다운 용모의 여성이었다. 그녀는 잠시 앞으로 나아가다 멈칫했다. 그러고는 얼굴에 화색이 돌았다.

"상두, 상두 씨 아니에요?"

아리따운 목소리가 그를 부른다.

"응?"

상두는 눈을 뜨고 바라보았다. 어딘가 익숙한 모습의 여자가 서 있었다.

"아! 손연지……!"

상두는 큰 목소리로 외치려다 목소리를 죽였다. 아무래도 유명인이니 주의의 시선이 신경 쓰인 것이다.

"그렇게 조심하지 않으셔도 되요. 체조 그만둔 지 2년이나 됐는걸요. 그랬더니 순식간에 거품처럼 인기가 가라앉더라구요. 역시 지금도 그때처럼 세상 소식에 밝지가 않네요?"

그녀의 말에 상두는 멋쩍게 머리를 긁적였다.

"손연지 씨라면… 그?"

황장엽의 물음에 상두는 고개를 끄덕였다.

"도대체 사장은 얼마나 발이 넓은 겁니까!"

그의 말에 상두는 어색하게 웃음을 보일 뿐이었다.

손연지는 황장엽에게 양해를 구하고 표를 바꾸었다.

어차피 목적지는 같은 서울이었다.

오랜만에 상두를 만난 연지는 꽤나 많은 이야기를 나누고 싶었던 것이었다.

하지만 여러 가지 이야기를 나눌 사이도 없이 금세 기차는 서울역에 도착했다.

"사장, 안가심까?"

황장엽의 말에 상두는 잠시 손연지를 바라보았다. 그녀는 상두와 조금 더 이야기를 나누고 싶었던 것 같았다.

"먼저 돌아가요, 황 형."

상두의 말에 그는 음흉한 눈초리로 그를 바라보았다.

"그 눈빛의 의미는 뭐야, 황 형."

"암 것도 아님돠. 좋은 시간 되십시오."

그는 꾸벅 목례를 하고 먼저 자리를 피해주었다.

상두는 민망한 듯 머리를 긁적였고 연지는 재미있다는 듯 웃음을 지었다.

두 사람은 기차역 근처의 카페로 향했다.

카페에서 여러 가지 이야기를 나누었다.

"체조는 왜 그만두셨어요?"

상두의 물음에 그녀는 찡긋 웃으며 대답했다.

"질려서요. 아시잖아요. 저 계속 메달 못 딴 거. 외모가 조금 뛰어나다고 언론에서는 조명하지, 그런데 큰 결과는 안 나오지……. 질리더라구요."

그럴 만도 했다. 우리나라는 실력 지상주의다 보니 개인적인 영달인 메달을 따지 못하면 마치 천인공로 할 사람마냥 매도하기도 했다.

그것이 질릴 만도 했다.

"그래서 러시아에서 생활하다가 다시 귀국했어요. 이제 후배 양성을 좀 해볼까 싶어서요."

"방송 해볼 생각은 없어요?"

상두의 물음에 그녀는 고개를 가로저었다.

"전혀요. 네버!"

"하지만 연지 씨 외모가 아깝잖아요. 제가 방송국 피디를 조금 아는데 소개해 드려요?"

"싫다고 했잖아요."

손연지의 정색에 상두는 당황스러운 표정을 짓자 그녀는 배시시 웃음을 지었다.

웃는 모습이 아이처럼 참 예쁜 그녀였다.

그녀와 상두는 계속해서 이리저리 이야기를 나누었다.

별 이야기도 아닌데도 두 사람은 참 즐거웠다.

자연스레 상두는 수민과 그녀를 비교하게 되었다.

수민은 사람을 편안하게 감싸주는 타입이라면 손연지는 사람을 즐겁게 만들어 주는 타입이었다.

그래서 지금 상두는 너무도 오랜만에 이성과 즐거움을 나누고 있었다.

"언뜻 들었는데 요식업을 한다고 들었어요. 그런데 아까 그 사람은 직원 같은데 요식업하고는 전혀 안 어울리던데요?"

"사업을 변경했습니다."

상두의 말에 연지는 궁금한 듯 그의 말을 경청했다.

지금까지 있었던 일을 상두는 담담하게 풀어 놓았다.

어쩌면 가족의 치부가 될 수 있는 아버지의 이야기도 했고, 어머니가 다친 이야기 그리고 이어진 박경파와 이동민에게 복수했던 이야기. 물론 수위 조절은 했다.

그녀는 그의 이야기를 들으면서 같이 공분도 했고 또 같이 화를 내주기도 했다.

그녀의 그런 반응에 상두는 재미있는지 계속해서 이야기를 풀어 놓았다.

"손님 이제 문 닫을 시간입니다."

두 사람은 카페의 영업이 다 끝날 때까지 이야기를 나누었다.

"이제 돌아가야 할 것 같네요."

"그렇네요."

두 사람은 그렇게 카페 밖으로 나갔다.

"이제 날씨가 좀 쌀쌀하네요, 그쵸?"

밖으로 나오자 손연지는 어색하게 상두에게 말했다. 상두는 고개를 끄덕일 뿐이었다.

"집까지 바래다줄까요?"

상두의 물음에 그녀는 고개를 끄덕였다.

꽤나 늦은 시간이라 택시를 잡기 힘들어 그들은 어쩔 수 없이 모범택시를 타야만 했다.

다행히 손연지의 집은 서울에 있었다.

두 사람은 택시 안에서 아무런 말도 하지 않았다.

카페에서는 그렇게 즐겁게 대화를 나누던 사람들이라고

할 수 없을 정도였다.

"연인처럼 보이는데 두 사람 싸운 겁니까?"

오지랖이 넓은 택시기사가 두 사람에게 물었다.

"애인 사이 아닙니다."

상두가 선을 딱 긋자 손연지의 얼굴에 약간의 그늘이 드리워졌다.

그녀의 집 앞에 도착했다.

상두는 그녀의 집 바로 앞에까지 가기 위해 따라나섰다. 그녀의 집은 오피스텔이었다.

"혼자서 살아요?"

상두의 물음에 그녀는 고개를 끄덕였다. 상두는 그렇게 그녀를 데려다 주고 집으로 돌아가려는데……

"커피라도 한 잔 마시고… 가실래요?"

그녀의 물음에 상두는 고개를 끄덕였다. 날도 춥고 이상하게 연지와 함께하고 싶었던 것이다.

집 안에 들어서자 두 사람의 기운이 조금 이상했다. 둘 다 얼굴이 붉어져 있었던 것이다.

"자, 커피."

갑자기 그녀는 상두에게 말을 놓았다.

"우리 생각해 보니까, 말 놓지 않았던가?"

"학창시절이었으니까요."

그녀의 물음에 상두는 가볍게 대답했다.

"나… 아직 너 좋아해."

연지의 기습 고백.

상두는 씁쓸하게 웃음 지었다.

한때 상두도 그녀에게 관심이 있었던 적이 있었다. 하지만 지금 그의 마음속에는 다른 사람이 자리하고 있었다.

바로 수민이었다.

어색한 기류가 계속해서 형성되었다. 상두가 커피를 다 마시고 내려놓았다.

"이만 가볼게요."

상두는 계속 존대로 선을 그었다.

"가지마……."

연지는 상두를 뒤에서 안았다. 갑자기 느껴지는 여인의 달콤한 향기에 상두의 머리가 아찔해졌다.

그는 서서히 연지를 돌아보았다. 그녀는 눈을 감고 있었다. 상두의 입술을 기다리고 있었던 것이다. 상두는 그렇게 그녀의 입술을 취했다.

그리고 침대로 향했다.

두 사람은 격렬히 애무했다.

상두는 그녀의 상기된 얼굴이 너무도 아름답게 느껴졌다.

하지만…….

그는 더 이상 진행할 수가 없었다. 그녀의 얼굴에서 수민의 모습이 겹쳐 보인 것이다.

"미안해……."

상두는 일어섰다. 연지는 부끄러운 듯 이불을 끌어다 몸을 가렸다.

"아직 내 마음 속에는… 다른 여자가 있어. 미안……."

그의 말에 연지는 웃음을 보였다.

"기다릴게."

의외의 그녀의 반응에 상두는 웃음 지었다.

"그래줄래?"

상두는 그렇게 알 수 없는 말을 남긴 채 그녀를 두고 자리를 비웠다. 그리고 구식 같았지만 쪽지에 전화번호를 남겨두었다.

그 모습에 연지는 묘한 웃음을 보였다.

CHAPTER **09**
박경파

구미의 공장 건이 잘못된 것을 알고 상두는 접대를 허락했다.

황장엽을 필두로 몇 명의 술상무를 두었다. 덕분에 술 접대에 들어가는 비용이 많아졌다.

그것이 상두는 마음에 들지 않았지만 덕분에 꽤나 많은 경비 일을 따낼 수가 있었다.

투자대비 면에서는 역시 효율적이었다.

일거리가 늘어날수록 사람들이 더 필요했다.

구인광고를 내니 꽤나 많은 사람이 몰려왔다. 연봉도 괜찮았고 무엇보다 기숙사를 마련해준다는 것에 매력을 느낀 이들이 많은 것 같았다.

하지만 대부분의 직원들이 훈련을 견디지 못하고 중도 탈락하고 있었다.

남아 있는 자들은 대부분이 한가락을 했던 자들이었다.

모두가 황장엽과 비슷한 부류들이었다. 학력 제한을 두지 않다 보니 이런 결과가 나타났다.

상두는 그렇게 험악한 자들이 득실거리는 모습에 한숨을 내쉬었다.

"내가 무슨 조직의 보스가 된 거 같잖아."

상두는 조직을 무척이나 싫어한다.

싫어하는 정도가 아니라 증오한다.

아무래도 박경파의 일 때문인 것 같았다. 지금 상두의 회사 모양새가 그와 비슷해지니 씁쓸함을 감출 수가 없었다.

하지만 이것은 합법적인 일이고 사람들이 거칠다고 조직이 되는 것은 아니었다. 이런 사람들도 친하게 지내다 보니 굉장히 순박한 점을 많이 찾을 수가 있었다.

황장엽이 회사 운동장으로 들어오고 있었다.

"아, 사장⋯ 죽겠습니다."

그는 배를 어루만졌다. 아무리 술을 좋아하는 그라고는 하지만 연일 계속되는 접대일은 힘겨운 것 같았다.

"이제 다른 사람에게도 맡기고 해, 황 형."

"하지만 사장이 맡긴 일 아닙까. 열심히 해야죠."

그는 또 다시 껄껄껄 웃는다.

몸이 안 좋다면서 그는 훈련에 또 참여했다. 저런 것을 보면 진정으로 온몸이 근육으로 되어 있는 바보 같았다.

─사장님, 전화 왔습니다.

경리를 맡아보는 여직원이 상두를 호출했다. 상두는 회사 운동장에서 사무실로 향했다.

"무슨 전화인가요?"

"일단 사장님을 바꿔 달라는 전화인데요. 계약과 관련이 있어 보여요."

그녀의 말에 상두는 전화를 받았다.

"전화 바꿨습니다, 굿 디펜더 CEO 박상두라고 합니다."

─상두 군인가.

수화기 뒤에서 들리는 목소리.

상두의 몸이 떨려왔다.

그것은 바로 박경파의 목소리였다.

"전화 잘못 거셨습니다. 당신과 할 이야기는 없습니다."

그는 전화를 일방적으로 끊었다.

"빌어먹을……."

그의 얼굴에는 살기가 가득했다. 박경파가 어떻게 알고 이곳에 전화를 한 것인가. 그리고 전화를 한 저의는 무엇인가!

상두는 이런저런 생각에 화만 났다. 그럴수록 그의 얼굴은 더욱더 일그러져 갔다.

그 모습에 여직원은 무척이나 겁을 집어 먹었다.

"아, 미안……."

상두는 그것을 알아채고 다시 감정을 추슬렀다.

그는 다시 직원들을 확인하려 밖으로 나가려 했다. 하지만 이윽고 다시금 전화가 울렸다.

경리가 받으려는 것을 상두가 받았다.

─여전히 성격이 급하시구만.

역시나 박경파였다.

상두는 이를 꽈득 물었다. 더 이상 통화를 하고 싶지는 않았지만 그래도 이야기는 들어 보기로 했다.

─자네의 회사와 계약을 하고 싶네.

"우리는 조직과 거래를 하지 않습니다."

상두는 선을 그었다. 하지만 그것에 휘둘릴 박경파가 아니었다.

─대금은 다른 사람의 몇 배는 치루겠네. 하지만 내가 필요한건 자네야.

상두는 마음에 들지 않았다.

아직까지 그를 용서하고 싶지 않았던 것이다.

─기다리겠네…….

"사원들과 회의는 해보겠지만 기대는 하지 마십시오."

상두는 그렇게 하고 전화를 끊었다.

"크윽……."

상두는 속쓰림이 올라왔다.

거절해 버리고 싶었다. 하지만 그럴 수가 없었다.

박경파는 국회의원을 준비하고 있었다. 여당의 공천을 받아 놓은 상태라 이제 그쪽의 거물이라고 할 수 있는 자였다.

그런데 그런 자의 의뢰를 거부한다면 나중에 있을 사업 확장에 어려움이 생길지도 몰랐다.

"빌어먹을……."

상두는 화가 치밀어 올랐지만 어쩔 수가 없었다. 사업가는 개인적인 감정에 휘둘려서는 아니 된다.

이윽고 팩스가 왔다.

경리가 그것을 확인하고는 상두에게 말했다.

"조금 전에 전화하신 박경파님의 팩스네요. 이미 우리 측에 계약금을 넣었다는 내용증명이네요. 상당히 많은 돈인데요?"

상두는 인상을 찌푸렸다.

일단은 계약금은 받았으니 박경파를 찾아가서 이야기라도 나눠야겠다는 생각이 들었다.

아무리 원수라고는 하지만 나중을 위해서 완전한 적으로

만들 필요는 없을 것이다.

상두는 황장엽을 데리고 구미로 다시 내려왔다.

이런 일에는 역시 황장엽을 데리고 와야 마음이 든든했다.

그들이 향한 곳은 박경파의 사무실이 아닌 그 근처의 카페였다. 상두 일행이 먼저 도착했고 자리를 잡았다.

이윽고 문이 열리고 백발의 노신사가 지팡이를 짚고 걸어오고 있었다.

절뚝거리고 있었다.

그것은 상두가 입힌 상처였다. 그래도 다리를 절단하지 않아도 되는 상태였던 것 같았다.

상두는 쓴웃음을 지었다. 그때에 아예 다리를 절단해 버릴걸 하는 후회도 들었다.

"오랜만이군."

상두를 만난 그는 환하게 웃음을 지었다. 예전에 사이가 좋았을 때 보였던 그 사람 좋은 인상이었다.

상두는 웃음기없는 얼굴과 말투로 대했다.

"조직 식구들은 대동하지 않았군요."

"이래봬도 난 정치인이야. 그런 무뢰배들과 함께할 수는 없지."

상두는 헛웃음을 보였다.

자신의 식구들을 무뢰배라니…….

그는 언제나 식구들을 자식처럼 형제처럼 대해주는 사람이었다. 이제 그런 박경파는 어디에도 없었다.

"자신의 식구를 무뢰배라고 하다니. 당신도 많이 변했군요."

"사람은 누구나 변하지."

세 사람은 쓴 커피를 시켰다.

그리고 마시지도 않고 그대로 앉아만 있었다. 어색한 침묵의 기운이 흘렀다. 황장엽은 이런 분위기가 익숙지 않은 듯 몸을 꼬았다.

이 침묵을 박경파가 깨주었다.

"대동한 친구가 굉장히 험하게 생겼군. 자네야말로 조직을 새로 만든 것인가?"

"그따위 더러운 짓은 하지 않습니다."

상두의 말에 박경파는 쓴웃음을 지었다.

"커피맛이 쓰군."

박경파는 커피만 한 모금 마실 뿐이었다.

"그리고 계속해서 도발하면 안 좋을 텐데요?"

상두의 말에 박경파는 대답했다.

"도발을 해서 안 좋은 쪽은 자네일 텐데…….."

"무슨 말씀이신지."

"나는 여당에서 공천을 받았네. 그 정도 소문은 알고 있겠지?"

상두는 고개를 끄덕였다.

"어르신께서 힘을 보태주셨으니 당연히 된다고 봐야겠지? 그렇다면 자네가 사업 확장을 할 때 구미는 어렵게 될지도 몰라."

역시 박경파는 그런 점을 노려서 상두를 위협했다. 상두는 그래도 주눅 들지 않고 물었다.

"협박입니까?"

"부탁일세."

박경파는 능글맞게 대답했다.

"무엇 때문에 저를 부른 겁니까? 유능한 직원들이 많은데 사장인 제가 나설 필요는 없는 것 같습니다."

"아니, 프로페셔널이 필요해."

박경파의 손이 덜덜 떨리고 있었다.

"상대 후보 측에서 누군가를 고용했어. 굉장히 강한 놈이지. 덕분에 내가 목숨의 위협을 받고 있어. 자네가 아니면 막아낼 수가 없을 것 같아."

상두는 고민에 빠졌다.

박경파가 두려워하는 것 따위는 상관이 없었다. 미래를 위해 그를 받아들일까 말까 고민하는 중이었다.

개인적인 원한은 있지만 그는 한 사업체의 사장이다.

개인적인 생각으로 일을 그르칠 수는 없었다. 그는 잠시간 자존심을 굽히기로 결정했다.

"알겠습니다. 의뢰를 맡겠습니다. 언제부터 시작하면 되는 거죠?"

"지금 당장에라도 좋네. 잔금은 오늘 바로 치를 테니까 내일부터 바로 부탁함세."

그는 그렇게 말을 남기도 일어섰다. 그가 카페 밖으로 나가자 참고 있던 황장엽이 입을 열었다.

"사장, 저 영감이 그때 이야기했던 그 원수 놈 아닙까?"

상두는 고개를 끄덕였다.

황장엽에게는 상두가 지금까지 살아온 이야기를 했던 것이다.

처음에는 이야기 하지 않으려고 했지만 그나 워낙에 끈덕지게 물고 늘어지는 통에 이야기를 해주었던 것이다.

"그런 사람의 의뢰를 맡는 겁니까? 게다가 목숨을 구해야하는데? 저런 더러운 놈은 그냥 죽게 내버려 두는 게 좋지 않슴까!"

황장엽의 말에 상두는 자리에서 일어났다.

"황형, 난 굿 디펜더의 사장이야. 어쩔 수 없잖아. 미래를 위한 선택이야."

그는 웃음을 보였다. 아주 씁쓸한 웃음…….

황장엽은 그를 이해한다는 듯 그의 어깨를 토닥여 주었다.

상두는 그의 토닥임에서 선배의 느낌이 아닌 친형 같은 느낌을 받았다. 상두는 옅은 미소를 보이며 황장엽을 바라보았다.

* * *

상두는 다음날 박경파의 사무실로 향했다. 황장엽도 같이 온다는 것을 그는 본사로 보내 버렸다. 이런 일은 혼자서 처리하는 편이 빠르고 정확했다.

박경파의 건물에 있던 그의 수하들은 상두를 보자 의아한 듯 눈을 크게 떴다.

보스의 다리를 아작 낸 원수와 같은 인물이 건물에 들어서니 당연했다. 하지만 섣불리 그들은 다가설 수가 없었다. 그는 피폭풍 박상두니까 말이다.

괜히 다가섰다가는 보스처럼 다리 하나로 끝나지는 않을 것 같았다.

사무실로 가는 도중에 상두는 익숙한 얼굴이 보이지 않아 의아했다.

사무실에 도착하자마자 그는 박경파에게 물었다.

"강석 형이 안 보이는군요. 어디 갔습니까?"

상두의 물음에 박경파는 기계적인 어투로 대답했다.

"휴가."

가장 측근을 이렇게 위험한 때에 휴가를 보낸단 말인가?

상두는 의아했다.

하지만 지금 그런 것까지 신경 쓰고 싶지는 않았다.

"오늘부터 하루 종일 내 경호를 맡아주게."

이것이 가장 신경 쓰이는 것이었다. 박경파와 일거수일투족을 모두 함께해야 한다는 점.

"나를 노리는 놈도 꼭 잡아주게. 그때까지 계약 기간일세."

박경파의 말에 상두는 고개를 끄덕였지만 내키지 않았다. 박경파와의 24시간은 그에게 가시방석과도 같을 것이다.

그리고 가시방석과도 같은 것이 하나 더 있었다. 수민의 존재였다.

"수민은……"

상두는 조용히 물었다. 박경파는 알겠다는 듯 입을 열었다.

"걱정 말게. 얼마 전에 유학을 갔으니."

상두는 고개를 끄덕였다.

그 점은 어느 정도 안심이 되었다. 며칠을 계속 그녀를 본다면 그것만큼 껄끄러운 것은 없을 것이다.

시간이 흘러도 의외로 아무런 일이 일어나지 않았다. 어디선가 지켜보고 있는 자가 있다든지 습격이 있다든지 해야 할 텐데 그저 조용히 넘어가고 있었다.

'정말로 저자를 노리는 놈이 있기는 한 건가?'

상두는 그런 의심이 들 정도로 조용히 넘어가고 있었다. 하지만 오늘 시작해서 바로 그런 일이 일어나리라는 법은 없었다.

조금은 더 기다려 보기로 했다.

며칠을 그렇게 조용했다.

박경파도 따로 어디론가 나가는 것도 아니었기에 조용할 수밖에 없었다. 하지만 계속 사무실과 집에서만 있을 수는 없는 노릇이었다.

그는 차를 타고 어디론가 이동하고 있었다.

답답했던 차에 교외로 드라이브를 나간 것이었다.

'정말 속도 좋은 영감쟁이로군. 이럴 때에 드라이브라니……'

속편한 것은 둘째 치고 상두를 기사처럼 부려 먹었다. 그것은 그는 마음에 들지 않았다.

시골 교외의 허름한 식당 근처에 차를 댔다. 주변으로는 인가도 보이지 않았다. 그저 이 허름한 음식점만 있을 뿐이었다.

"이 집 순대국이 꽤나 맛있어."

박경파는 예전처럼 허물없이 상두를 대하고 있었다. 하지만 그것이 상두는 더욱더 쓸쓸했다.

예전의 그 강경하던 박경파가 떠올랐기 때문이었다.

상두가 먼저 내렸다.

그리고 박경파의 차문을 열고 내려주었다.

그때 무언가 박경파를 향해 날아왔다. 상두는 그것을 손으로 잡았다.

"크윽……."

그의 육체는 단단해서 칼을 잡아도 살갗이 살짝 벗겨지는 정도이다.

거의 고통도 없었다. 하지만 지금 따끔한 어떤 고통을 느낄 수가 있었다.

"아니, 이것은!"

암기였다.

상두는 그것을 맨손으로 잡느라 어느 정도 상처를 입었다.

"그쪽이냐!"

상두는 암기가 날아온 쪽으로 미친 듯이 내달렸다.

그 방향을 되짚어가면 분명히 범인을 잡을 수 있을 것이다.

미친 듯이 달리다 보니 깊지는 않지만 그래도 수풀이 있는 산속까지 들어왔다.

상당히 빠른 놈이었다. 그를 따라가기 위해 축지를 사용하려고 했지만 이상하게 다리가 천근만근이었다.

"헉… 헉……."

상두는 미친 듯이 숨을 내쉬었다.

갑자기 온몸의 신진대사가 느려지는 것 같은 느낌이 들었다.

그렇지 않고서야 이렇게 조금의 움직임으로 숨이 찰 상두가 아니었다.

"우히히!"

웃음소리가 들려온다.

아주 듣기 싫고 미치광이 같은 웃음소리.

상두의 앞에 누군가가 서 있었다. 의사 가운을 입고 눈에는 동그란 선글라스를 낀 누군가였다. 손에는 매스가 들려 있었고, 한 손에는 푸른색의 약병이 들려 있었다.

웃음소리만큼이나 미치광이 같은 모습이었다.

"무식하게 강한 놈이라고 하던데 역시 독에는 못 당하는 모양이군."

상두는 의아했다.

요즘 세상에 독이라니……

상두는 문득 암기를 잡았던 손을 바라보았다. 푸른색으로 부풀어 올라 있었다.

"그런데 그 독은 살짝 스치는 정도로도 코끼리도 죽일 수 있는 것이란 말이지. 하지만 죽지 않고 버티는 것을 보면 네 놈은 인간이 아니야. 우히히!"

그는 상두를 향해 달려왔다. 술에 취한 사람처럼 휘청이며 뛰어오고 있었다.

하지만 상두는 피할 수가 없었다. 그는 매스에 푸른 병의 약을 묻히고는 그의 팔을 살짝 그었다.

"이 독 또한 스쳐도 코뿔소가 죽을 정도라고. 하지만 안 죽네?"

미치광이는 무엇이 즐거운지 마구 광소를 내뿜었다.

"이대로 죽어주면 되는 거야. 그럼 난 큰돈을 만지는 거고, 우히히!"

미치광이의 말에도 상두는 기어코 버티고 섰다. 하지만 몸이 움직이지 않았다.

아무리 강인한 육체를 가지고 있다고는 하지만 카논과 달리 아직 상두의 몸에는 아직 온전한 독에 대한 내성이 존재하지 않았다.

"역시 독에는 약하구만. 하지만 그 정도 독에도 버티는 것을 보니 역시 대단하구만, 상두 군."

뒤쪽으로 박경파의 목소리가 들려온다.

"게다가 여전히 물러."

박경파는 담배를 입에 물고는 이죽거렸다.

"내 다리를 이렇게 만들고 살아남기를 바랬나?"

상두는 조금씩 눈이 감겨왔다.

이대로…….

이대로 정신을 잃어 갔다.

이 모든 것이 박경파의 함정이었다. 또다시 박경파라는 사람을 너무도 믿어 버린 것이다. 하지만 후회해도 늦었다.

그렇게 정신을 잃어가는 상두의 귀로 누군가의 투닥거리는 소리가 들려왔다. 하지만 신경 쓰고 싶지는 않았다.

그저 이대로 잠들고 싶을 뿐이었다.

*   *   *

"으윽……."

상두가 눈을 떴다.

그는 분명히 독에 당해서 죽어가던 찰나였다. 하지만 그는 살아나 있었다. 뿐만이 아니라 이렇게 침대에 누워 있었다. 누군가가 그를 구해준 것이 틀림이 없었다.

"뭐지……."

그는 몸을 일으켰다.

"크윽……!"

독의 여파인가 그는 머리가 깨질 듯 아파왔다. 아직도 상황 파악이 완전하게 되지 않아 어지러웠다.

"일어났나, 애송이"

그의 눈앞에 박강석이 서 있었다.

상두는 본능적으로 공격 자세를 취했다. 하지만 비틀거리며 주저앉았다.

아직 깨어난 지 얼마 되지 않아서인지 힘이 제대로 들어가지 않았다.

"아직 독이 덜 풀렸을 거야. 하지만 참 대단한데? 이미 보통 사람 같으면 죽었을 거야. 네놈은 인간이냐?"

박강석의 탄성에 상두는 그를 노려보았다.

"이게 무슨 짓이냐? 어제는 죽이려 들더니 오늘은 살려주는 거냐?"

상두의 말에 박강석은 고개를 절레 흔들었다.

"말을 똑바로 하지그래? 너를 죽이려 했던 사람은 박경파야. 내가 아니고."

"그게 그거 아니냐!"

"아니, 달라. 난 축출 당했으니까."

상두는 눈을 크게 떴다.

최측근인 박강석을 축출했단 말인가?

"왜 놀라운가? 하지만 실제로 일어난 일이야."

박강석은 자초지종을 설명하기 시작했다.

"바른말을 하는 조직원들을 모두 쫓겨났다. 뿐만 아니라 반병신들을 만들어 놓았지. 나도 예외는 아니었지. 내가 박경파의 먼 친척이 아니었다면 몸이 성하지 않았을 거야."

박강석의 쓸쓸한 웃음과 함께 말을 이었다.

"이제 박경파는 예전의 박경파가 아니다. 권력의 노예지. 권력을 쫓아서 주변 사람의 말도 듣지 않아. 그의 주위에는 아첨만 하는 놈들이 득시글거리지. 역겨운 노인네가 다 됐어."

박강석의 말에 상두는 자리에서 벌떡 일어났다.

"그 자식 죽여 버리겠어."

상두의 눈동자는 이글이글 불타올랐다. 강석의 이야기는 귀에 들어오지 않았다.

지금 상두는 자신을 함정에 빠뜨려 죽이려 했던 박경파를 도저히 용서할 수가 없었다.

"어디를 가려고?"

"박경파를 죽여 버릴 거다. 이대로는 참을 수 없어!"

"아서라, 애송이. 죽여 놓고 어떻게 할 거야? 법의 심판이 무섭지도 않아? 젊은 나이에 사업도 이제 시작인데 빨간 줄 그어서 어쩌겠다는 거냐."

그의 말에 상두는 고개를 끄덕였다.

잠시간 흥분했지만 그의 말이 맞았다. 그는 지금 사업을 이끄는 수장이다. 그가 사라지면 그를 믿고 따르는 사원들의 생계가 위험해진다.

"나에게 좋은 자료가 있다. 박경파가 저지른 불법에 대한 장부지. 그것을 복사해 하느라 목숨을 걸어야 했지."

그는 상두에게 용지 꾸러미를 보여주었다. 꽤나 분량이 많왔다.

저 정도 분량이라면 그가 저지른 불법 또한 엄청날 것이다.

"이것만 있으면 박경파는 몰락하게 될 거다."

하지만 강석의 말을 상두는 신뢰할 수가 없었다.

박경파의 가장 측근이었다. 아무리 변하였다고 해도 측근을 버리겠는가? 그렇다고 해도 이렇게 자연스레 상두를 구해낸 것이 의아했다.

"믿지 못하는가 보군. 하지만 어쩔 수 없지. 박경파에게 당한 게 있으니까."

그렇게 말하던 강석은 창문을 바라보았다. 그의 눈초리가 날카롭게 빛났다.

"제기랄, 여기까지 찾아냈구만."

상두는 옷을 제대로 입고 있었다.

그 역시 이미 누군가가 있었다는 것을 눈치채고 있었던 것이다.

"빠르군, 역시……."

강석은 웃음을 보였다.

"저들이 내뿜는 살기는 진짜로군. 정말로 당신을 죽이고 싶어 해."

상두의 말에 그는 고개를 끄덕였다.

"난 박경파를 쓰러뜨릴 저격수니까."

그는 주변을 살피더니 문을 열었다.

"이쪽이 뒷문이다. 이쪽을 향해서 나가면 될 거야."

상두와 강석은 빠르게 움직여 뒷문으로 나갔다. 뒷문은 좁은 골목으로 통하는 철계단과 이어져 있었다.

그들은 철계단을 타고 빠르게 내려왔다.

하지만 끝까지 내려온 그들은 걸음을 멈출 수밖에 없었다. 골목의 끝에서 박경파의 수하들이 걸어오고 있었다. 뒤쪽은 막다른 골목이었다. 진퇴양난의 상황이었다.

"아이고 형님, 여기에 계셨군요. 회장님의 장부를 가져가시면 어쩌겠다는 겁니까? 내놓지 않으시면 죽으셔야 할 겁니다."

그들은 박강석을 위협했다. 하지만 박강석은 '쫄지' 않았다. 그들이 계산에 넣지 않은 것이 하나 있었다.

그것은 그의 옆에서 손목 관절을 풀고 있는 상두의 존재였다.

"모두 비켜라. 죽고 싶지 않으면……."

관절을 모두 푼 상두의 몸에서 살기가 일었다. 이제야 온몸에 퍼졌던 독이 모두 자연적으로 치료가 된 것이었다.

모두들 그 살기에 상두를 주목했다. 그러자 몇몇의 조직원들이 외쳤다.

"피폭풍……."

"피폭풍 박상두다!!"

그 외침에 모두들 동요하기 시작했다. 구미의 전설 피폭풍 박상두가 바로 앞에 있으니 놀랄 수밖에 없었다.

"지금 꺼지면 목숨만은 살려주지."

상두의 읊조림과 함께 여러 명의 조직원이 달려들었다.

그는 상두의 이야기를 제대로 접해보지 않은 신출내기들이었다.

"어리석은 것들."

상두는 그들의 모조리 쓰러뜨렸다.

그런 애송이들을 쓰러뜨리는 것은 일도 아니었다. 그리고 다시는 움직이지 못하게 대퇴부의 뼈를 지르밟았다.

뿌드득거리는 소리가 사방으로 퍼졌고 모두들 다리뼈가 부러졌다.

그 모습은 공포였다.

공포는 모두에게 정확하게 전달되었고 그들은 마치 뱀을 만난 쥐마냥 몸이 굳어 움직일 수가 없었다.

그것을 확인한 상두는 천천히 골목을 빠져 나갔다. 그의 뒤를 강석이 쫓았다.

"역시나 대단하단 말이야, 피폭풍 박상두, 아니 애송이."

이런 와중에서도 강석은 상두에게 실없는 소리를 했다.

"쪼, 쫓아라!"

이제야 정신을 제대로 차린 박경파의 부하들은 상두와 강석을 향해 달려들었다. 아무리 피폭풍 상두라고 할지라도 인파가 있는 곳에서 폭력을 행사할 수는 없을 것이다.

상두는 사람들이 많은 것에 당황하여 이리저리 도주로를 찾았다.

"여기, 여깁니다, 사장!"

황장엽이었다.

그가 상두를 불렀다.

상두는 생각할 것도 없이 황장엽이 몰고온 차에 올라탔다. 강석도 마찬가지였다.

"내가 본사로 가라고 했잖아요, 황 형."

"불안해서 남았었슴다. 하루 종일 사장을 찾아다녔단 말임돠."

"쓸데없는 말할 것 없어. 빨리 가자, 황 형."

상두의 말에 황장엽은 고개를 끄덕이며 가속페달을 강하게 밟았다.

황장엽의 자동차는 구미의 도로를 유유히 내달렸다. 그 모습을 박경파의 부하들은 아쉽게 쳐다볼 수밖에 없었다.

『권왕강림』 4권에 계속…

이제부터 전자책은

이젠북

www.ezenbook.co.kr

새로운 세계가 열린다!

목정균 『비뢰도』　좌백 『천마군림』　수담옥 『자객전서』
용대운 『천마부』　월인 『무정철협』　임준욱 『붉은 해일』
진산 『하분, 용의 나라』　설봉 『도검무안』
천중화 『그레이트 원』

이름만 들어도 황홀할 정도의 별들의 향연!

이들의 "유료연재"가 시작됩니다!

검색창에 **이젠북** 을 쳐보세요! ▼ 🔍

FUSION FANTASTIC STORY

마스터K

김광수 현대 판타지 장편 소설

세상천지에 의지할 곳 하나 없는 천재 소년 강민,
그의 치열한 생존 투쟁기.

설악산 사기꾼 양 도사에게 낚인 3년의 세월.
비를 눈물 삼아 밥 말아 먹었던 순수했던(?) 영혼 강민이
강남 한복판으로 나왔다.
그가 펼쳐내는 한 편의 대장편 드라마.
럭셔리 마이 라이프를 위해 대한민국
최고 명문 고등학교에 입학하게 되는데……

**"돈! 명예! 사랑 다 내거야! 옵션으로 가늘고 길게 살다 가겠어!
내 앞을 막아서는 모든 걸 부숴 버릴 거야!"
이글이글 타오르는 강민의 눈빛.**

행복과 고통이 교차하는 정해지지 않은 고난의 행군.
그 미래 속에서 소년 강민의 거침없는 발걸음이 당당하게 세상을 향해 전진한다.
절대자의 이름, 마스터 K라 불리며……

Book Publishing CHUNGEORAM

유행이 아닌 자유추구 -
WWW.chungeoram.com

1월 0일

진호철 장편 소설

살아진다고 사는 것이 아니다.
스스로 살아야만 진정한 삶이다!

우주의 법칙마저 뛰어넘은 미증유의 힘, 반물질과의 만남.

1월 0일, 운명이 격변하는 날!
오늘은 새로운 삶의 시작이다!

Book Publishing CHUNGEORAM

유행이 아닌 자유추구 -
WWW.chungeoram.com